Felix Krusen – Iß und lebe!

Analysen und Perspektiven

herausgegeben von
Wolfgang Bergsdorf und Warnfried Dettling

Band 21

Felix Krusen

Iß und lebe!

Ernährung ohne Angst und Aberglauben

GÜNTER OLZOG VERLAG – MÜNCHEN

Ich danke den Herren Prof. Dr. Werner Kübler (Universität Gießen) und Prof. Dr. Erich Menden (Präsident der Deutschen Gesellschaft für Ernährung) für die fachliche Prüfung, meiner Frau Christa für die sprachliche Durchsicht und meiner Sekretärin Helga Segschneider für die Reinschrift des Manuskriptes.

Der Verfasser

CIP-Kurztitelaufnahme der Deutschen Bibliothek

Krusen, Felix:
Iss und lebe! : Ernährung ohne Angst u. Aberglauben / Felix Krusen. – München : Olzog, 1985.
(Analysen und Perspektiven ; Bd. 21)
ISBN 3-7892-7259-0

NE: GT

Umschlagentwurf: Beate C. Eberle
Gesamtherstellung: H. Mühlberger, Augsburg

Inhalt

I. Mit dem Vegetarismus fing alles an

1. Henri Oedenkoven und der Monte Verità

Im Sommer 1899 begegnen sich im damals österreichischen Veldes, dem heutigen Bled, der 24jährige *Henri Oedenkoven* und die 35jährige *Ida Hofmann;* sie verlieben sich auf den ersten Blick. Er ist der Sohn eines reichen Fabrikanten aus Antwerpen, sie ist Pianistin und Musiklehrerin in Cetinje, der Hauptstadt von Montenegro. In ihren Gesprächen stellen sie sehr schnell eine ausgeprägte Seelenverwandtschaft fest, denn beide leiden an der Heuchelei und Naturferne der bürgerlichen Gesellschaft und Zivilisation. Henri – von schwerer Krankheit nach Versagen der Schulmedizin durch einen Naturheilkundigen geheilt – ist voll von Impetus, der sich aber nicht nur in Ideen und theoretischen Diskussionen erschöpft, sondern auch zur praktischen Verwirklichung drängt. Er will eine freie Menschengemeinde auf eigenem Grund und Boden gründen, die in naturgemäßer Lebensweise alle Fesseln und Zwänge der bürgerlichen Gesellschaft abschüttelt.

Im Oktober 1900 treffen sich Henri und Ida in München mit fünf weiteren Gleichgesinnten und beschließen nach langen Diskussionen die Gründung einer Kolonie an einem oberitalienischen See. Man will dorthin wandern und einen geeigneten Platz aussuchen. Die Suche konzentriert sich bald auf die Gegenden von Lugano und Ascona, im damals noch völlig unterentwickelten südlichen Tessin. Schöne Landschaft, warmes Herbstwetter, freundliche Menschen und vor allem die Tatsache macht jene Gegend interessant, daß hier schon viele Aussteiger, Theosophen, Vegetarier, politische Flüchtlinge und andere Außenseiter leben. Der von Ascona aufsteigende Hügel Monte Monescia ist dann der Platz der Wahl, Henri Oedenkoven kauft zunächst anderthalb, später noch zwei weitere Hektar des verwilderten, steinigen und kärglichen Weidegeländes für insgesamt 150 000 Schweizer Franken. Später erhält der Hügel den Namen Monte Verità, den er noch heute trägt.

Die Entwicklung dieser Kolonie zu einer »Naturheilanstalt« und später zu einem Kurhotel im Eigentum des Barons *von der Heydt* sowie die Schicksale ihrer Gründer und späteren Bewohner sind hochinteressant in sozialer, kulturhistorischer und politischer Hinsicht, gerade auch im Hinblick auf heutige alternative und Aussteiger-Bewegungen. Hier interessieren im wesentlichen die reformerischen Ideen in bezug auf die Ernährung. Henri und Ida waren nämlich besonders strenge Vegetarier, die alles, was vom Tier stammt, ablehnten, also auch Milch, Käse und Eier.

Sogar Wolle und Leder für Bekleidungszwecke wurden nicht oder nur unter schweren Bedenken geduldet, gab es doch im Vor-Plastikzeitalter kaum eine Materialalternative zum Leder für die Herstellung der lebensreformerischen Sandalen. Das lederne Stirnband, das einer der Koloniegründer benutzte, um seine frei wachsenden und lang wallenden Haupthaare zu bändigen und das für ihn eine Art von Markenzeichen geworden war, löste anhaltende Diskussionen aus.

Erich Mühsam, der von den Nazis ermordete Dichter, der schon in den ersten Jahren enge Kontakte zum Monte Verità und seinen Bewohnern hatte, wies übrigens damals darauf hin, daß viele der in der Gegend von Ascona lebenden Vegetarierehepaare kinderlos seien, und er meinte, es sollte von Sachverständigen untersucht werden, ob die Erscheinung der Unfruchtbarkeit bzw. Impotenz aus der vegetarischen Lebensweise resultierte, oder ob der Drang zum Vegetabilismus vorwiegend bei potenzschwachen Individuen entstehe.

2. Entstehung und Inhalt des Vegetarismus

Diese Frage soll aber nicht weiter verfolgt werden; wir wollen uns jetzt etwas ausführlicher mit dem Vegetariertum beschäftigen, dieser ältesten Form von alternativer Ernährung. Der heutige Mensch, homo sapiens, ist mit seinen physiologischen Strukturen und biochemischen Abläufen als Omnivore, als »Allesfresser« zu kennzeichnen. Dabei sollten seine Lebensmittel vorwiegend pflanzlicher Herkunft sein, für eine solche Ernährung sind jedenfalls unser Gebiß und unsere Verdauungswege am besten eingerichtet. Ein völliger oder teilweiser Verzicht auf den Verzehr von Nahrung tierischer Herkunft läßt sich aus gesundheitlichen Gründen nach dem heutigen Stand der ernährungswissenschaftlichen Kenntnisse nicht belegen. Der Vegetarismus hat wohl auch deshalb neben seiner gesundheitlichen Begründung auch immer eine ethische oder sogar religiöse Motivation, dies übrigens von Beginn an. Interessanterweise ist der Vegetarismus in England entstanden, in dem Land, in dem Nahrung tierischer Herkunft eine große Rolle spielte und spielt: fish and chips, ham and eggs, breakfast bacon and sausages, lamb chops, kidney pie and steaks. Schon 1811 gründete sich in London die »Vegetarian Society«, die Fleisch in der Ernährung aus ethischen und gesundheitlichen Gründen ablehnte.

Geburtshelfer bei der Entstehung des Vegetariertums waren der Geistliche *Sylvester Graham,* der das gebräuchliche Grahambrot entwickelt hat, *Ellen White,* die bei der Gründung der Adventisten mitwirkte, und *John H. Kellog,* dessen Name noch heute auf den Kartons mit Frühstückscerealien erscheint. Die Liste berühmter Vegetarier umfaßt illustre Namen: sie fängt mit Buddha, Ovid, Pythagoras an, wir finden Leonardo da Vinci, Leo Tolstoi, G. B. Shaw, und sie ist mit Mahatma Gandhi, Albert Einstein und Albert Schweitzer noch längst nicht zu Ende.

Es ist übrigens in diesem Zusammenhang interessant zu wissen, daß die Gründer des Vegetarismus dieses Wort nicht etwa von dem englischen Wort für Gemüse, »vegetable«, abgeleitet hatten, sondern von dem lateinischen Adjektiv »vegetus«, was lebhaft, rege, rüstig bedeutet. Ein »homo vegetus« war bei den Römern ein körperlich und geistig kraftvoller Mensch, noch heute bedeutet im Italienischen »vegeto« so viel wie rüstig. Über den lateinischen Ursprung vegere = tätig sein, züchten, besteht dann allerdings doch der Zusammenhang zum Züchten und Anbauen von pflanzlichen Produkten, also von Vegetabilien.

Religiös begründeten Vegetarismus gibt es schon seit langer Zeit, der orthodoxe Hinduismus zum Beispiel untersagt das Töten von Tieren und damit den Fleischverzehr wegen seines Glaubens an die Re-Inkarnation. Auch andere Religions- und Weltanschauungsgemeinschaften – so die Buddhisten und Adventisten – fordern von ihren Anhängern die Befolgung von Ernährungsregeln, bei denen vegetarische Gesichtspunkte eine Rolle spielen.

In Deutschland breitete sich der Vegetarismus etwa ab 1865 aus, wobei insbesondere der Pfarrer *Eduard Baltzer* (1814–1887) eine wichtige Rolle spielte. Er gründete 1867 den »Verein für naturgemäße Lebensweise«; der Titel seines 1869 herausgegebenen Buches ist bezeichnend: »Pflanzenkost, die Grundlage einer neuen Weltanschauung«.

Wie bei den meisten »Bewegungen« mit mehr oder weniger irrationalen und emotionalen Komponenten kam es auch bei der »Vegetarier-Bewegung« bald zu Sonderformen, Abspaltungen und heilslehreähnlichen Entartungen. Hierbei spielte schon in der ersten Hälfte des 19. Jahrhunderts der französische Schriftsteller *Jean Antoine Glëizès* (1773–1843) eine besondere Rolle, als er mit seinem Buch »Thalysia oder das Heil der Menschheit« den Vegetarismus um kulturkritische Positionen und weltanschauliche Dimensionen erweiterte.

Der Vegetarismus ist ohne Zweifel der Stammvater der Lebensreformbewegung und auch der Naturheilkunde; auch die Freikörperkultur ist auf dem Boden seiner Vorstellungen schon im vorigen Jahrhundert entstanden. Somit hat die Vegetarierbewegung ungeachtet ihrer sektiererischen Aspekte durchaus erhebliche Verdienste bei der Überwindung ungesunder und unhygienischer Verhaltensweisen und Lebensverhältnisse, die besonders in der Zeit der beginnenden Industrialisierung und Urbanisierung und der damit verbundenen Bevölkerungsentwicklung entstanden waren.

Bei ernährungswissenschaftlicher Betrachtung muß man vier Formen des Vegetarismus unterscheiden:

- Rohkost
- strenger Vegetarismus
- Lakto-Vegetarismus
- Ovo-Lakto-Vegetarismus.

Obwohl alle Vegetarier eine gewisse Präferenz für die Rohkost haben, bestehen nur die Rohköstler streng darauf, ihre gesamte Nahrung aus nicht erhitzten, pflanzlichen Lebensmitteln zusammenzusetzen. Gegen diesen Rückschritt in die Zeiten vor Prometheus' Wirken ist bezüglich des Verzehrs von Obst, Gemüse und Nüssen wohl kaum etwas einzuwenden. Bei dem Getreidekorn allerdings – dem wichtigsten Kalorienträger für Vegetarier – ist Rohkost weniger sinnvoll, denn im menschlichen Verdauungskanal wird Stärke nur teilweise verdaut, es sei denn, sie ist vorher durch Wärmeeinwirkung in Gegenwart von Wasser aufgequollen. Auch Proteine, Vitamine und Mineralstoffe des nicht durch Wärme aufgeschlossenen Getreidekorns sind der Auswertung im Organismus nur begrenzt zugänglich.

Die Vegetarier strenger Observanz – auch als Veganer bezeichnet – lehnen den Verzehr aller von Tieren stammenden Lebensmittel ab, also nicht nur von Fleisch und Fleischerzeugnissen sondern auch von Milch und Milcherzeugnissen, Eiern und Honig. Bezüglich des Honigs, eines Lebensmittels rein pflanzlicher Herkunft, von den Bienen lediglich be- und verarbeitet, ist diese Haltung geradezu grotesk, weil andererseits bei reformerischer und alternativer Ernährung der Honig eine herausgehobene Rolle spielt, ernährungswissenschaftlich übrigens völlig ungerechtfertigt.

Die Gruppe der Lakto-Vegetarier erlaubt neben der pflanzlichen Kost auch den Genuß von Milch und Milcherzeugnissen, verzichtet aber auf Eier; die Ovo-Lakto-Vegetarier schließlich haben – wie die Bezeichnung schon ausweist – auch gegen Eier nichts einzuwenden.

3. Zur ernährungsphysiologischen Beurteilung des Vegetarismus

Was nun die ernährungsphysiologische Beurteilung des Vegetarismus und seiner verschiedenen Sonderformen angeht, so kann man dabei nicht auf umfangreiche wissenschaftliche Erhebungen zurückgreifen, sondern muß sich auf theoretische Erwägungen, Ergebnisse von Tierversuchen und empirische Tatbestände verlassen.

Eindeutige, durch wissenschaftliche, reproduzierbare Experimente abgesicherte Erkenntnisse im Bereich der Ernährung des Menschen gibt es nur wenige; der Mensch ist eben kein Versuchstier, und bei der Übertragbarkeit von Tierversuchen wird immer ein Rest an Zweifeln bleiben, auch wenn man das dem Menschen stoffwechselchemisch am nächsten stehende Tier, nämlich das Schwein, verwendet. Die großen Studien, die in den vergangenen Jahren in verschiedenen Ländern (USA, Großbritannien, Bundesrepublik Deutschland, Finnland u. a.) über die Zusammenhänge zwischen der Ernährung, insbesondere hinsichtlich der Menge sowie der Qualität der Nahrungsfette und dem Auftreten und Verlauf von bestimmten Herz- und Kreislaufkrankheiten durchgeführt wurden, haben den immensen zeitlichen und materiellen Aufwand gezeigt, den solche Studien erfordern, wenn sie einigermaßen verläßliche Ergebnisse bringen sollen.

Eine vernünftig zusammengesetzte vegetarische Ernährung, vor allem wenn sie auch Milch und Milcherzeugnisse einschließt, ist in der Lage, alle physiologischen Bedürfnisse des Menschen voll abzudecken und die Versorgung mit allen Nährstoffen sicherzustellen, wobei allerdings der Versorgung mit Eisen, besonders bei Frauen, eine gewisse Aufmerksamkeit gewidmet werden muß.

Unvernünftige Einseitigkeiten können bei lakto-vegetabiler Ernährung – wie bei jeder anderen Ernährung auch – zu Mangelerscheinungen führen. Dies braucht hier nicht weiter vertieft zu werden, wichtig ist allerdings der Hinweis, daß es bei der streng vegetarischen Ernährung mit Ausschluß aller Lebensmittel tierischer Herkunft zu einem Mangel an biologisch hochwertigem Eiweiß (Proteine mit einem dem menschlichen Stoffwechsel angepaßten Gehalt an essentiellen Aminosäuren) kommen kann. Dieser kann jedoch – was allerdings gute Sachkenntnis voraussetzt – durch geschickte Kombination verschiedener pflanzlicher Eiweißträger weitgehend kompensiert werden. Echte Mangelerscheinungen sind bei strengen Vegetariern in bezug auf das Vitamin B_{12} zu befürchten und auch schon beobachtet worden; es kommt nämlich nur in Lebensmitteln tierischer Herkunft vor. Der menschliche Organismus besitzt allerdings lange Zeit überdauernde Vitamin B_{12}-Speicher.

Diesen relativ geringfügigen Nachteilen stehen immerhin handfeste Vorteile gegenüber. Bisherige Untersuchungen zeigen übereinstimmend, daß vegetarische Kost den heutigen Forderungen nach einer gesunderhaltenden Ernährung weit entgegenkommt. Unsere normale, durchschnittliche Ernährung ist – auf den einfachsten Nenner gebracht – zur reichlich, zu fett und zu süß. Diese Fehler vermeidet der Vegetarier bei seiner Kostzusammenstellung sozusagen automatisch. Da er auch sonst gesundheitsbewußter lebt, also hinsichtlich Alkohol und Tabak zurückhaltend ist und sich körperlich viel bewegt, ist es nicht überraschend, daß Vegetarier bei den Risikofaktoren Übergewicht, Bluthochdruck und Serumcholesterin durchweg besser dastehen als der Durchschnitt der Bevölkerung, daß bestimmte Krankheiten des Verdauungssystems, wie Divertikulose und Gallensteine, bei Vegetariern seltener vorkommen und daß es schließlich Hinweise darauf gibt, daß bestimmte Krebsarten, wie Brust- und Dickdarmkrebs, bei vegetarisch lebenden Menschen seltener als sonst auftreten. Es gilt ja als ziemlich sicher, daß Brustkrebs mit der Höhe des Fettverzehrs und Dickdarmkrebs mit dem Gehalt der Nahrung an Ballaststoffen eng zusammenhängen. Daß bei den kaum rauchenden und alkoholtrinkenden Vegetariern die mit Tabak- und Alkoholkonsum zusammenhängenden Krebsarten, vor allem Bronchial- und Magenkarzinome, seltener sind, liegt auf der Hand.

Für eine vernünftige, gesunderhaltende und bedarfsangepaßte Ernährung in unserer Zeit ist es kein Nachteil sondern nützlich, sich den vegetarischen Ernährungs- und Lebensregeln anzunähern, ohne in sektiererisches Eifern zu verfallen. Man braucht auf die geschmacklichen Reize, die Fleisch und Fleischerzeugnisse und auch Meeresfrüchte ausüben, keineswegs zu verzichten, aber die Lebensmittel pflanzlicher Herkunft – ausgenommen Zucker – sollten in der täglichen Kost ein deutliches Übergewicht haben.

Nach einer im Sommer 1983 vorgenommenen Erhebung ernähren sich 0,6 % der Bevölkerung der Bundesrepublik Deutschland vegetarisch. Gesundheitspolitisch wäre eine Steigerung dieses Anteiles durchaus wünschenswert. Sehen wir uns aber in der Welt um, so stellen wir fest, daß schätzungsweise ein Viertel der Erdbevölkerung vegetarisch lebt, jedoch natürlich überwiegend nicht aus gesundheitlichen, ethischen oder religiösen Motiven, sondern meist aus blanker Armut, weil die Einkünfte nicht ausreichen, die überall gegenüber den Lebensmitteln pflanzlicher Herkunft wesentlich teureren Lebensmittel tierischer Herkunft zu bezahlen. So kann das Kapitel Vegetarismus nicht ohne einen ökonomischen Seitenblick abgeschlossen werden.

Die Erzeugung von Lebensmitteln tierischer Herkunft muß nämlich unter globalen Aspekten als glatte Verschwendung betrachtet werden. Um Fleisch im Wert einer Kalorie zu produzieren, müssen im Durchschnitt Futtermittel im Wert von sieben Kalorien aufgewendet werden. Bei Geflügelfleisch und Eiererzeugung ist das Verhältnis dank der ethisch und ethologisch durchaus zweifelhaften industrialisierten Massenproduktion günstiger, bei anderen Lebensmitteln tierischer Herkunft aber noch erheblich schlechter. Das Ganze wäre nun nicht weiter schlimm, wenn das, was das Vieh frißt, für die Ernährung der Menschen untauglich wäre; aber leider besteht der größte Teil des Viehfutters aus Getreide, Kartoffeln, Magermilchpulver und Fischmehl (auch aus eßbaren Fischen), also aus Agrarprodukten, die auch direkt der menschlichen Ernährung dienen könnten. Heute können wir uns – wenigstens wir in den reichen Industrieländern des Westens und Ostens – diese Verschwendung noch leisten, denn die derzeit mögliche Getreideproduktion auf der Erde würde auch bei ihrer teilweisen Verwendung als Viehfutter ausreichen, um alle jetzt lebenden Menschen wenigstens in kalorischer Hinsicht satt zu machen.

Wenn trotzdem ein Viertel der Menschheit ständig unterernährt ist und Hunger leidet und immer wieder Menschen verhungern müssen, und dies angesichts irrwitziger Agrarüberschüsse in der Europäischen Gemeinschaft – in den USA wird sogar der Nichtanbau von Weizen mit barem Geld prämiert –, so ist das nicht ein Ergebnis absoluten Mangels, sondern eine Folge der ökonomischen und politischen Unfähigkeit des Menschen, das Problem der gerechten Verteilung zu lösen. Wenn die Zahl der Menschen auf der Erde aber in einigen Jahrzehnten die 8 Milliarden-Grenze erreicht haben wird (heute sind wir etwas mehr als die Hälfte davon), dann wird wahrscheinlich der Verzehr eines Steaks, Rinderfilets oder Schweineschnitzels zu einem solchen Luxus geworden sein, wie es heute Hummer oder Kaviar ist. Weil man dann nämlich das, was die landwirtschaftliche Nutzfläche und die Meere der Erde herzugeben in der Lage sein werden, direkt und ohne Umwege über den Magen des Tieres der Ernährung des Menschen zuführen muß. Allerdings ist auch nicht auszuschließen, daß inzwischen die Biotechnologie so weit entwickelt sein wird, daß sie Futtermittel in großem Umfang aus den Abfällen und Abwässern des menschlichen Daseins zu gewinnen vermag.

II. Andere alternative Ernährungsformen

1. Der dreidimensionale Charakter der menschlichen Ernährung

Es kann sich wohl kaum jemand anheischig machen, alle früher und heute bekannten Ernährungsformen und Diätempfehlungen im einzelnen übersehen und beurteilen zu wollen, zumal Jahr für Jahr neue Ratschläge auf den Markt kommen. Vermutlich entsprechen Anzahl und Vielfalt dieser vielen Ernährungsformen durchaus denjenigen der Religionsgemeinschaften und Glaubenslehren unter den Menschen. Diese Ähnlichkeit kommt nicht von ungefähr, denn einmal sind viele Glaubenslehren mit Ernährungsvorschriften verbunden, zum anderen werden manche alternativen Ernährungsformen von philosophischem Gedankengut getragen und selbst wie Glaubenslehren mit Heilserwartungen propagiert.

Bekanntlich gibt es in den großen Weltreligionen zum Teil rigide Ernährungsvorschriften; der Hinduismus mit seinem Gebot vegetarischer Ernährung wurde schon erwähnt, die Vorschriften der jüdischen und der islamischen Religion mit ihrem Schweinefleischverbot, Schächtungsgebot und vielen anderen einzelnen Regelungen sind weit bekannt. Es ist umstritten, ob diese Vorschriften überwiegend gesundheitliche und hygienische Hintergründe haben. Für einige Regeln erscheinen solche Hintergründe plausibel; für andere sind sie absurd. Ganz nüchtern naturwissenschaftlich betrachtet sind die Ernährung des Menschen, der Tiere und der Pflanzen biochemische Systeme, deren Abläufe sich bei der Evolution der belebten Natur auf der Erde herausgebildet haben und die meßbar, berechenbar und reproduzierbar sind. Die Tatsache, daß viele dieser Abläufe nicht oder noch nicht in allen Einzelheiten bekannt sind, spricht nicht dagegen, daß diese wie alle schon bekannten eines Tages auch meßbar, berechenbar und reproduzierbar sein werden. Alle Lebenserfahrung sagt aber, daß die Erklärung der biochemischen Abläufe – vielleicht wegen ihrer manchmal wirklich abenteuerlichen Kompliziertheit und ihrer abstrakten Unanschaulichkeit – auch dem gebildeten Menschen nicht ausreicht. Man kann dabei auch nicht übersehen, daß das Essen – neben dem Atmen – des Menschen intensivster Kontakt mit der Umwelt ist. Das hat natürlich in historischer Sicht den Menschen immer wieder dazu geführt, der Nahrungsaufnahme neben der simplen Stillung von Hunger und Durst noch andere Bedeutungen metaphysischer Natur beizumessen. Dafür gibt es Beispiele in vielen Religionsgemeinschaften. In extremer Ausprägung sehen wir den Kannibalen das Hirn seines Feindes in dem Glauben verspeisen, damit gingen dessen Kraft und Geist auf ihn über.

Nun wäre es falsch, über diese Erscheinungen irrationaler Verhaltensweisen in bezug auf das Essen mit naturwissenschaftlicher Überheblichkeit hinwegzugehen; der Mensch ist eben nicht nur ein hochorganisiertes und dadurch sehr flexibles System biochemischer Abläufe, er hat auch eine geistig-seelische Struktur und ist schließlich als soziales Wesen Teil größerer Organisationen. Hinsichtlich der zugehörigen Wissenschaftsdisziplinen stellen *Neuloh* und *Teuteberg* das so dar: Für den Mediziner besteht der Mensch zunächst einmal hauptsächlich eindimensional aus einem Körper, für den Psychologen verbinden sich Körper und Seele zu einem zweidimensionalen Objekt, während der Soziologe Körper, Seele und Umwelt gleichsam dreidimensional zu erforschen sucht.

Neuloh und Teuteberg wiesen dazu auch darauf hin, daß die immer bewußter werdende Notwendigkeit interdisziplinärer Zusammenarbeit inzwischen das Aufkommen neuer Fächer, wie der psychosomatischen Medizin, der Sozialmedizin, der Medizinsoziologie und anderer begünstigt hat.

Man muß also akzeptieren, daß die Ernährung des Menschen drei Aspekte hat: den naturwissenschaftlich-rationalen, den irrationalen und den sozialen Aspekt. Bei der nachfolgenden Darstellung einiger alternativer Ernährungsformen wird sich zeigen, daß die irrationale Seite eine große Rolle spielt. Dies wäre für sich genommen im Hinblick auf das eben Gesagte gar nicht zu beanstanden, wenn nicht viele der Apostel von alternativen Ernährungsformen ihre Lehren mit halbwahren, unvollkommenen oder verfälschten naturwissenschaftlichen Aussagen dekorieren würden. Diese Ausführungen dürfen nicht beschlossen werden, ohne auf noch einen vierten Aspekt der Ernährung des Menschen hinzuweisen, der von Etablierten und Alternativen gleichermaßen oft übersehen wird: Essen ist nicht nur physiologische Nährstoffversorgung, Befriedigung bestimmter psychischer Bedürfnisse und fast immer auch ein sozialer Vorgang, essen ist auch elementare Daseinsfreude und legitimer Lebensgenuß, jenseits aller biologisch meßbaren, psychisch und sozial erklärbaren Vorgänge.

2. Natürlich = gut?

Die Reformbewegung arbeitet mit dem Wahlspruch, die Nahrung des Menschen solle möglichst natürlich oder naturbelassen sein; als ob nun die Natur oder das Natürliche das schlechthin Vollkommene sei. Typischer Fall einer Halbwahrheit: Ohne Zweifel hat frisch vom Baum oder Strauch geerntetes Obst ein besseres Aroma und einen höheren Vitamingehalt als jedes auch noch so sorgfältig hergestellte Obsterzeugnis; aber frisch geernteter Grünkohl roh ist ungenießbar, er muß gekocht werden, frisch geerntete rohe grüne Bohnen sind sogar recht giftig, sie müssen zum Verzehr erhitzt werden. Den Gipfel dieser Irrwege erreichen die Ernährungsreformer, wenn sie vom Zucker sprechen.

Hier ist der sogenannte weiße Industriezucker mit das schlimmste Teufelszeug, das man sich vorstellen kann, der sogenannte braune Rohzucker dagegen das naturbelassene und deshalb zu empfehlende Erzeugnis. Die braune und klebrige Beschaffenheit des Rohzuckers kommt von Resten der Melasse, einem für die Ernährung des Menschen nicht geeigneten, konzentrierten Abfall bei der Zuckerherstellung, der ernährungsphysiologisch ohne jede Bedeutung ist. Es soll aber schon hier eingeflochten werden, daß Reformernährung in der Praxis mit den Forderungen nach einer vernünftigen, gesunderhaltenden Ernährung weitgehend übereinstimmt, ungeachtet der wissenschaftlich nicht haltbaren Aussagen, die eben beschrieben wurden.

Die aus dem Vegetarismus hervorgegangene Lebensreformbewegung hat auch ökonomisch große Bedeutung gewonnen. Seit Anfang dieses Jahrhunderts entwickelten sich als ein eigener Einzelhandelsbereich die Reformhäuser, in denen nicht nur Reform-Lebensmittel sondern auch Reform-Körperpflegemittel, -Kosmetika und -Bekleidung angeboten wurden und werden. Hinter dem Verband der Reformhäuser stehen vertragsgebundene landwirtschaftliche Produktions- und industrielle Verarbeitungsbetriebe, die den Reformhäusern die erwarteten Qualitätsmerkmale garantieren. Inzwischen hat jeder Supermarkt und jeder größere Lebensmitteleinzelhändler seine Reformwarenecke. Nach dem Ernährungsbericht 1984 der *Deutschen Gesellschaft für Ernährung* lassen sich die grundsätzlichen Positionen der Reformernährung in den folgenden sieben Thesen stichwortartig zusammenfassen:

1. Der Grad der Naturbelassenheit bestimmt den Wert der Lebensmittel; besonders wird das an der Gegenüberstellung von sogenannten Weißmehlen und Vollgetreideprodukten deutlich gemacht.
2. Naturbelassene Lebensmittel gewährleisten am besten die ausreichende Aufnahme bisher bekannter wie auch bisher nicht bekannter Nährstoffe.
3. Sogenannte leere Kalorienträger, wie Zucker, Stärke, hochausgemahlene Mehle, vollraffinierte Fette, werden abgelehnt.
4. Pflanzliche Frischkost und Vollgetreideprodukte sollen regelmäßig verzehrt werden.
5. Der Proteinbedarf soll im wesentlichen mit Lebensmitteln pflanzlicher Herkunft und mit Milch und Milcherzeugnissen gedeckt werden.

6. Die tägliche Nahrung soll ovo-lakto-vegetabil orientiert sein; hohe Gehalte an naturgegebenen essentiellen Nährstoffen und Ballaststoffen, geringe Gehalte an gesättigten Fettsäuren, Cholesterin und harnsäurebildenden Purinen werden gefordert.
7. Die Lebensmittel sollen in sogenannter biologischer Landwirtschaft gewonnen werden, bei der auf chemischen Pflanzenschutz, synthetischen Stickstoffdünger und industrialisierte Massentierhaltung verzichtet wird.
   Einzelheiten zu dieser Form der Agrarproduktion werden später erläutert.

Die Reformernährung verzichtet – im Gegensatz zu noch darzustellenden Ernährungsformen – weitgehend auf irrationale Elemente. Wir finden eigentlich nur noch den merkwürdigen Glauben an die Wohltätigkeit alles Natürlichen und die Annahme, es gäbe noch unerkannte Stoffe. Es ist wenig wahrscheinlich, daß es bei dem heutigen Stand der Analysentechnik, die den Nachweis von nicht mehr vorstellbar geringen Mengen einzelner Stoffe gestattet, noch unbekannte Stoffe in unseren Nahrungsstoffen geben soll. Immerhin kann man nicht völlig ausschließen, daß bei den vielen Arten der physikalischen und chemischen Be- und Verarbeitung von Lebensmitteln Stoffe in geringem Umfang entstehen, die noch nicht alle bekannt sind. Hier möglicherweise noch nicht ermittelte Stoffe dürften allerdings in toxikologischer Hinsicht kaum von großer Bedeutung sein, andernfalls sie nämlich schon längst das Interesse der Forschung auf sich gezogen hätten.

Zutreffend ist es dagegen, daß wir bei weitem noch nicht genug über die Wirkungen und vor allem über die kombinierten Wirkungen der uns bekannten Stoffe wissen. Der Grund hierfür liegt in der traurigen Tatsache, daß Ernährungs- und Lebensmittelforschung in der Forschungslandschaft unseres Landes und vieler anderer Länder eine völlig untergeordnete Rolle spielt. Von den gesamten Forschungsausgaben in der Bundesrepublik Deutschland geht etwa nur ein halbes Prozent in den uns hier interessierenden Forschungsbereich.

Die Positionen der Reformernährung, soweit sie frei von Glaubensgrundsätzen gehalten werden und soweit sie nicht mit sektiererischem Ausschließlichkeitsanspruch verfochten werden, stehen mit der etablierten Ernährungswissenschaft nicht mehr auf dem Kriegsfuß, man ist sich in den vergangenen Jahrzehnten ziemlich weit entgegengekommen. Seit 1977 hat z. B. die *Deutsche Gesellschaft für Ernährung* mit den Vertretern der Reformernährung in der Reformhaus-Fachakademie deren Lehrinhalte für die Ausbildung von »Ernährungsberatern refo« abgesprochen.

Ähnlich wie beim Vegetarismus, der ja mit der Reformernährung weitgehend identisch ist, kann man sagen, daß eine Annäherung an die Grundsätze der Reformernährung gesundheitspolitisch durchaus erwünscht ist, weil eben viele ihrer Aussagen heute Allgemeingut geworden sind. Im übrigen wird man sich bei einer reformorientierten Ernährung überwiegend an das normale Marktangebot halten können und nur für wenige ausgefallene Erzeugnisse ein Reformhaus aufsuchen müssen.

3. Dr. Max Bircher und andere Reformer

Die letzten Jahrzehnte des vergangenen Jahrhunderts werden bezeichnenderweise Gründerjahre genannt. Ihre künstlerischen und architektonischen Zeugnisse, durchweg eklektizistischer Natur, tragen diesen Stempel bis heute. Es waren die Jahrzehnte einer explosionsartigen Zunahme naturwissenschaftlicher Erkenntnisse, eines ungehemmten Fortschrittsglaubens, die Zeiten einer raschen Industrialisierung und Urbanisierung in Mitteleuropa, die den Nährboden für die Suche nach neuen Wegen abgaben. Kritische und skeptische Geister wollten sich mit der stark materialistisch ausgerichteten Gesellschaft und mit ihrer hohen Neigung zu Nationalismus und Militarismus nicht abfinden. In Kunst, Kultur und Politik suchte man nach neuen Ansätzen; hier blühte auch die Reformbewegung auf, vor allem gefördert durch Ansätze, die die nachteiligen Wirkungen der neuen Zeit auf die menschliche Gesundheit erkannten. Leider – dies muß gleich hier gesagt werden – beschränkten sie sich nicht darauf, die Schäden aller Einseitigkeiten anzuprangern und dem Menschen den einzig humanen Weg, nämlich den goldenen Mittelweg zu weisen; stattdessen verfielen sie in das andere Extrem und versuchten, die Menschen mit mystischen und verschwommenen metaphysischen Vorstellungen, die mit Halbwahrheiten durchsetzt waren, von dem allein richtig erkannten Weg zu überzeugen.

Dr. Max Bircher (1867–1939), der Zürcher Arzt, hatte in seiner Klinik durchaus zutreffend die psychosomatischen Aspekte vieler Krankheiten erkannt und durch Veränderungen der Ernährungs- und sonstigen Lebensgewohnheiten sowie durch gezielte Anwendung natürlicher Faktoren wie Licht, Luft und Wasser erstaunliche Heilerfolge erzielt. Heute würde man das vermutlich unter dem Begriff »unspezifische Reiztherapie« einordnen.

Dr. Bircher ließ es nicht bei seinen Kurerfolgen bewenden, sondern er begann einen philosophischen Unterbau zu konstruieren, der in den zehn Ordnungsgesetzen des Lebens gipfelte. Diese Ordnungsgesetze sind, was die Ernährung anlangt, ziemlich banal oder abenteuerlich; so fordert das »Integralgesetz der Nahrung« ein wohlabgewogenes Gesamtverhältnis aller Nährfaktoren. Diese biologische Grundtatsache, schon von *Justus von Liebig* (1803–1873) erkannt, bedarf aber keiner so hochtrabenden Einordnung. Das Ordnungsgesetz der Nahrungsenergie besagt zunächst ganz zutreffend, daß die Nahrung über die Pflanze chemisch gebundene Sonnenenergie liefert, kommt dann aber zu der kuriosen Ableitung, daß sogenannte lebensfrische Nahrung pflanzlicher Herkunft die höchst geordneten Nahrungsenergieformen in sich berge und deshalb sogenannte »Sonnenlicht-Nahrung« sei. Nun, Dr. Bircher ist uns nicht wegen seiner Sonnenlicht-Nahrung ein Begriff geblieben sondern wegen des von ihm propagierten Müsli. Das Müsli hat er übrigens nicht selbst entwickelt sondern bei einem Senn in den Schweizer Bergen abgeguckt. Es ist heute in seinen vielen Arten ein beachtlicher Faktor nicht nur des alternativen Marktes.

Ein anderer Ernährungsreformer mit bekanntem Namen ist der schwedischsprachige Finne *Aare Waerland* (1876–1955), dessen System u. a. auf der Behauptung englischer Biologen beruht, wonach der größte Teil der menschlichen Leiden auf den Dickdarm zurückzuführen sei. Einer von ihnen forderte sogar die radikale operative Entfernung des Dickdarms, durch die fast alle chronischen Leiden geheilt werden sollten. Waerland propagierte pflanzliche Rohkost als die naturgegebene Kost, die schon unsere vor 25 Millionen Jahren auf den Bäumen lebenden Vorfahren gegessen hätten, mit dem Hinweis, daß er aller seiner Krankheiten ledig geworden sei, als er seine persönliche Ernährung auf diese Vormenschenkost umgestellt hatte.

Waerlands zentrale These ist die Annahme, daß im menschlichen Dickdarm die nützlichen Gärungsbazillen und die schädlichen Fäulnisbazillen vorhanden sind. Die Fäulnisbazillen könnten aber nur nach dem Verzehr von Lebensmitteln tierischer Herkunft ihre schädliche Wirkung entfalten, ansonsten seien die Gärungsbazillen die »speziellen Reinhaltungsarbeiter für Pflanzenkost«, weil sie die Zellulose der toten Pflanzenfasern aufbrechen und die in ihnen enthaltenen wertvollen Nährstoffe der menschlichen Verdauung zugänglich machen. Waerland kommt schließlich zu dem Ergebnis, daß die Wahl zwischen pflanzlichen und tierischen Lebensmitteln gleichbedeutend mit der Wahl zwischen Gesundheit und Leben einerseits sowie Krankheit und Tod andererseits sei. Diese unsinnige Verabsolutierung eines an sich richtigen Grundgedankens (überwiegend pflanzliche Kost, reichliche Zufuhr von Ballaststoffen) machen Waerlands Vorschriften einer vernünftigen Ernährungsweise für gebildete Zeitgenossen einfach unakzeptabel. Mehr der Kuriosität halber sei hier noch der Wiener Arzt *Franz Xaver Mayr* (1875–1965)erwähnt, für den ebenfalls der Darm das Zentrum der menschlichen Existenz war, der sich aber nicht auf pflanzliche Rohkost versteifte, sondern neben Fastenzeiten eine leichte Kost aus Tee, Weißbrot, Butter, Honig, Milch und Schleimsuppen verordnete. Die folgenden Zitate werden hoffentlich den Leser amüsieren:

»Gibt es eine dringlichere Aufgabe für jeden der in Amt und Würden befindlichen Minister für Volksgesundheit, als sein Möglichstes zu tun, um die Frage ehestens zur Lösung zu bringen, wann unser Verdauungsapparat in Ordnung ist? Die Lösung der Frage: Wann ist unser Verdauungsapparat in Ordnung? ist für die Ernährungs-, Wehr-, Volks- und Finanzwirtschaft von allergrößter Bedeutung.«

und

»Die Unzweckmäßigkeit der Ernährung ist die erste Ursache und bleibt zeitlebens die Hauptursache des unmoralischen, unsozialen und friedlosen Verhaltens des Menschen.«

Ehe dieses Kapitel über alternative Ernährungsformen mit einer Darstellung der Kollath'schen Lehren abgeschlossen wird, sollen noch einige weitere, zum Teil eher kuriose Diätformen und ihre Erfinder kurz vorgestellt werden.

Der Arzt *Dr. Joseph Evers* aus Münster (1894–1975) behauptete allen Ernstes, die unheimliche und bis heute in ihrer Entstehung noch immer ungeklärte Multiple Sklerose mit einer im wesentlichen auf Obst, Wurzelgemüsen, rohen Eiern und Milch beruhenden Diät dauernd heilen zu können. *Dr. Johanna Budwig* dagegen befand, daß das Wohl der Menschheit eher gesichert werden könne, wenn sie sich einer Diät bediene, die regelmäßig kalt gepreßtes Leinöl und Quark enthält. Der US-Bürger *Gaylord Hauser* (geb 1895), von Tuberkulose – wie er glaubte – durch den Rat eines Bauern, »lebende Lebensmittel« zu verzehren, geheilt, entwickelte eine Diät, in der Hefeflocken, Weizenkeime und Melassesirup eine besondere Rolle spielen. Der Zahnarzt *Dr. Johann Georg Schnitzer* (geb. 1930) ausgehend von der allgemein akzeptierten Erkenntnis, daß die Lebensweise und Ernährung des zivilisierten Menschen zu Zahn- und Gebißschäden führen kann, hat zwei Kostformen entwickelt, bei denen sich die »Schnitzer-Normalkost« von einer ovo-lakto-vegetarischen eigentlich nur durch die Forderung unterscheidet, daß das verwendete Getreide erst unmittelbar vor dem Verzehr gemahlen werden darf, damit die »Urkraft des Kornes« erhalten bleibe. Die »Schnitzer-Intensivkost« ist eine sehr eiweißarme, rein pflanzliche Kost, bei der eine Versorgung mit allen wichtigen Nährstoffen nicht mehr gesichert ist. Gegen die Schnitzersche Normalkost ist aus der Sicht der Ernährungsphysiologie eigentlich nichts einzuwenden, in unserem Wirtschaftssystem auch nichts gegen die Tatsache, daß Dr. Schnitzer für den Verkauf der von ihm empfohlenen Getreidemühlen und von Rohgetreide ein florierendes Versandhandelsunternehmen betreibt. Aber skandalös ist seine Behauptung, daß er mit seinen Kostformen Diabetes heilen könne. Wenn mit seiner Intensivkost das Körpergewicht übergewichtiger Diabetiker vermindert und dadurch der Diabetes gelegentlich in ein latentes Stadium zurückgedrängt werden kann, so hat das mit einer Heilung des Diabetes nichts zu tun.

Werfen wir noch einen Blick auf den US-amerikanischen Arzt *Dr. Howard Hay,* der um 1900 die sogenannte Trenndiät entwickelte, die noch heute ihre Anhänger findet. Die teils wissenschaftlich nachvollziehbaren, teils pseudophilosophisch unverdaulichen Lehren von Dr. Hay können hier nicht im einzelnen dargestellt werden. Kernpunkt seiner Vorstellungen ist die Forderung, daß die Nahrung des Menschen entmischt werden, vor allem Eiweiß und Kohlenhydrate getrennt verzehrt werden müßten, weil man nicht das zusammen essen dürfe, was die Natur getrennt habe. Als ob es der Zweck der Natur sei, den Menschen zu ernähren; es gibt nur ein Lebensmittel, das von der Natur für den Menschen bestimmt ist, die Muttermilch; sie enthält in durchaus schöner Mischung Eiweiß, Fett und Kohlenhydrate. Wenn es auch möglich ist, daß gesunde Menschen sich mit Hay'scher Trennkost über längere Zeit ohne Schaden ernähren können – hat er doch auch durchaus nützliche Regeln, wie zum Beispiel die Forderungen, über den Tag hinweg mehrere kleine Mahlzeiten einzunehmen, langsam zu essen und gut zu kauen –, so ist es doch wiederum als skandalös zu bezeichnen, wenn Dr. Hay und seine Anhänger behaupten, mit der Trennkost könnten viele schwere Krankheiten, einschließlich Diabetes und Krebs, geheilt werden.

Die von *Otto Hanisch* (1844–1936) begründete Mazdaznan-Bewegung beruft sich auf Zarathustra, jenen legendären Begründer der wohl ersten monotheistischen Religion, der vor 2500 Jahren im heutigen Iran wirkte und dessen Anhänger, die Parsen, noch heute in Indien leben. Die Mazdaznan-Lebensregeln wollen das Gute im Menschen fördern, dazu sollen eine spezielle Atemtechnik – um die »geistige Nahrung aus dem Kosmos« aufzunehmen –, vegetarische Nahrung und ein »edles Geschlechtsleben« beitragen. Unglücklicherweise hat der Glaube der Mazdaznan-Leute an die Überlegenheit der arischen Rasse – zu der sie übrigens auch die Menschen der semitischen Sprachgruppen zählen – zur Entstehung des nationalsozialistischen Rassenwahns beigetragen. Die komplizierten Ernährungsvorschriften der Mazdaznan-Bewegung können hier nicht im einzelnen beschrieben werden; es handelt sich im Grunde um eine abwechslungsreiche ovo-lakto-vegetabilische Kost, gegen die ernährungswissenschaftlich überhaupt nichts einzuwenden ist, um so weniger, als bei Mazdaznan gefragt wird, mit wie wenig Nahrung der Mensch gesund und glücklich leben kann, und das Übergewicht als eines der größten körperlichen und seelischen Übel angesehen wird. Die pseudophilosophische Grundlage der individuellen Kostgestaltung, durch die die Menschen in »elektrische« und »magnetische« Typen eingeteilt werden, kann dagegen wissenschaftlich nicht ernsthaft diskutiert werden.

Die Zen-Makrobiotik geht zurück auf *Wilhelm Hufeland* (1762–1836), der zunächst in Weimar Goethe, Schiller und Herder behandelte, später in Berlin Leibarzt der preußischen Königsfamilie und erster Dekan der Medizinischen Fakultät wurde. Er hat in seinem 1796 erschienenen Buch »Makrobiotik oder die Kunst, das Leben zu verlängern«, die Wirkung von Umwelteinflüssen, vor allem bei der Ernährung und der Hygiene, auf die Gesundheit des Menschen behandelt. Später hat der japanische

Philosoph *Georges Oshawa* (1892–1966) die Vorstellungen Hufelands mit Ideen des Zen-Buddhismus angereichert und so die Zen-Makrobiotik entwickelt. Diese Zen-Makrobiotik gründet sich auf die Vorstellung, daß Leben und Natur wesentlich auf den gegensätzlichen Prinzipien Yin und Yang beruhen. Yin-Yang-Gegensatzpaare sind z. B.: weiblich-männlich, außen-innen, Raum-Zeit, Sommer-Winter, dunkel-hell, Wasser-Feuer, Pflanze-Tier, Gemüse-Getreide, sauer und süß – bitter und salzig. Die daraus abgeleiteten Ernährungsregeln könnten, wenn sie auf eine sinnvolle Ausgewogenheit hinwirken, durchaus nützlich sein. Leider führen sie im Gegenteil von einem vernünftigen Ausgleich weg zu pseudo-philosophischen Regeln, die schließlich in der unglaublichen Annahme gipfeln, daß durch makrobiotische Lebens- und Ernährungsweise, deren einfachere Formen durchaus positiv zu bewerten sind, alle Krankheiten, einschließlich Krebs, verhindert oder geheilt werden können, und daß somit Arzneimittel und chirurgische Eingriffe entbehrlich sind. Höhere Formen der makrobiotischen Ernährung sind nach heutigem wissenschaftlichen Erkenntnisstand als schädlich zu bezeichnen, gestatten sie doch eine tägliche Kochsalzzufuhr von bis zu 30 g und fordern gleichzeitig eine möglichst niedrige Flüssigkeitszufuhr. Geradezu hanebüchen ist der (Aber)-Glaube, der Mensch könne bei richtiger Ernährung auf Vitamin C-Zufuhr verzichten, weil der Körper lerne, es selber zu bilden, und im menschlichen Körper könnten im Wege »stofflicher Transmutation« aus Natrium und Sauerstoff Kalium, aus Magnesium und Silizium Calcium gebildet werden, und Kalium und Calcium seien wechselseitig ineinander überführbar.

Der Freiburger Arzt *Dr. Hans-Heinrich Reckeweg* (geb. 1905) schließlich hat die Wurzel vieler Übel im Schweinefleisch entdeckt. Er ist der Meinung, daß es im Schweinefleisch eine Reihe von Stoffen gäbe, die er unter der Sammelbezeichnung »Sutoxine« zusammenfaßt und die für viele Krankheiten (von der Blinddarmentzündung bis zum Herpes) verantwortlich sein sollen. Zu diesen Sutoxinen gehören nach Reckeweg z. B. das Cholesterin, das allerdings nicht nur im Schweinefleisch, sondern in fast allen Lebensmitteln tierischer Herkunft vorkommt, das Histamin, das in anderen gängigen Lebensmitteln in etwa 10facher Menge zu finden ist, sogenannte toxische Fettsäuren, einen »eigentümlichen Blutfaktor«, der krebsauslösend wirken soll usw. Für alle diese Behauptungen gibt es keinerlei wissenschaftlich gesicherte Nachweise, nicht einmal Anhaltspunkte. Dennoch soll als erheiternder Abschluß dieses Abschnitts nicht unterschlagen werden, daß der Verzehr von Schweinefleisch den Menschen dem Schwein äußerlich ähnlich mache; Dr. Reckeweg sagt nämlich, daß einen Specknacken und eine breite Sitzfläche bekommt, wer Schweinefleisch ißt. Und daß frei herumlaufende Schweine sich so gern ausdauernd an Bäumen scheuern, liegt an dem hohen Histamingehalt der Schweine (Histamin löst nämlich Juckreiz aus), und wer Schweinefleisch ißt, den juckt es dann auch.

4. Professor Kollath und die Vollwert-Nahrung

Nach diesen Hinweisen auf wissenschaftlich nicht ernstzunehmende und oft sogar gefährliche alternative Ernährungsformen soll dieses Kapitel mit einer kurzen Darstellung der Auffassungen von W. Kollath abgeschlossen werden. Professor *Dr. Werner Kollath* (1892–1970) war Hygieniker und Mikrobiologe, wandte sich schon in den dreißiger Jahren der Ernährungswissenschaft zu und veröffentlichte 1942 sein Buch »Die Ordnung unserer Nahrung«. Kann man eine der Grundthesen der Kollath'schen Lehre »Die Nahrung des Menschen soll so natürlich wie möglich sein« noch für durchaus richtig halten, so ist das von ihm entwickelte System einer »natürlichen Ordnung« der Ernährung des Menschen eher philosophisch denn naturwissenschaftlich begründet. Damit soll natürlich kein grundsätzlicher Vorrang von naturwissenschaftlichen vor philosophischen Denkansätzen postuliert werden; aber im Hinblick auf die Tatsache, daß die Ernährung der Lebewesen einschließlich des Menschen primär ein elementarer biochemischer Vorgang ist, wird man im Hinblick auf eine den Nährstoffbedarf sichernde und gesunderhaltende Ernährung doch wohl eher von naturwissenschaftlicher Betrachtungsweise ausgehen müssen. Kollath teilt in seiner Ordnung die Pflanzenteile in die arterhaltenden Organe (Samen, auch Knollen) und die lebenserhaltenden Organe (Blätter und Stengel) ein und spricht den zuerst genannten einen höheren Wert zu. Bei den Tieren gibt es die für das Leben völlig unentbehrlichen Organe (Nervenzentren, Lunge, Herz, Leber, Nieren) und die nicht völlig unentbehrlichen Organe (Skelett, Muskeln, Bindegewebe), auch hier sind die völlig unentbehrlichen für die Ernährung des Menschen hochwertiger als die anderen.

Die menschlichen Nahrungsstoffe werden von Kollath in sechs Gruppen nach gut und böse geordnet. Unverändertes Rohmaterial sowie mechanisch oder durch Fermente aufgeschlossenes sind »lebende Lebensmittel«, erhitztes, konserviertes und zerteiltes Material sind »tote Nahrungsmittel«. Kein Zweifel natürlich, daß die zuerst genannten für den Menschen gesunderhaltend und die anderen krankmachend sind. Es wird dann weiter behauptet, daß nur die »lebenden Lebensmittel« vollwertig seien, weil sie alle für den Menschen notwendigen und als »Auxone« bezeichneten Nährstoffe enthalten; darunter auch viele, die man angeblich noch nicht kennt, während die »toten Nahrungsmittel« Mesotrophie = Halbernährung zur Folge haben.

Kollath hat behauptet, seine Theorien durch Tierversuche belegen zu können. Dieser Behauptung hat insbesondere der Hamburger Ernährungsphysiologe Professor *Joachim Kühnau* (1901–1983) widersprochen, der dargelegt hat, daß die Durchführung der Tierversuche nicht korrekt war und die aus ihren Ergebnissen für den Menschen gezogenen Schlußfolgerungen schlichtweg falsch sind. Aber auch ohne wissenschaftliche Beweisführung ist die unreflektierte Behauptung, alles Natürliche sei für den Menschen gut – die ja auf Jean-Jacques Rousseau zurückgeht – irrational und in ihrer Ausschließlichkeit nicht ernstzunehmen.

Der homo sapiens hat sich entwicklungsgeschichtlich in Millionen von Jahren durch Anpassung an und gleichzeitigen Kampf gegen eine feindliche Umwelt = Natur durchgesetzt; dabei hat sich mit zunehmender intellektueller Entwicklung das Schwergewicht vom Überleben durch Anpassung zum Überleben durch kämpferische Überwindung der dem Menschen feindlichen Umweltbedingungen verlagert.

Kollath sagt nun im Ergebnis nicht nur, daß das, was die Natur macht, gut sei, sondern auch im Umkehrschluß, daß das, was der Mensch macht, schlecht sei. Das heißt also, daß jede Einflußnahme des Menschen auf seine Nahrungsstoffe, die über Zerkleinern und fermentative Umwandlung hinausgeht, unnatürlich und schlecht sei, weil der »Vollwert« der Nahrungsinhaltsstoffe nicht mehr gegeben ist.

Kollath geht nun vernünftigerweise nicht so weit, die nach seiner Auffassung schlechten und unnatürlichen Lebensmittel rundweg zu verbieten; wohl wissend, daß Essen und Trinken für den Menschen nicht nur Aufnahme von Nährstoffen sondern auch ein sozialer Vorgang und ein Akt der Lebensfreude und des Lebensgenusses ist. Er empfiehlt deshalb als Leitlinie eine Zusammensetzung der täglichen Kost aus 10 % unveränderten, 20 % mechanisch und 30 % fermentativ veränderten Lebensmitteln, der Rest kann aus erhitzten, aber nicht konservierten Lebensmitteln bestehen. Insgesamt sollen vorwiegend pflanzliche Kost gewählt, Lebensmittel tierischer Herkunft nur gelegentlich als Beilage und als Fette nur Butter sowie kaltgepreßte, nicht raffinierte Öle und Margarine aus solchen Ölen verwendet werden. Salz ist knapp zu halten, und bei den unvermeidbaren Erhitzungen von Lebensmitteln sollen schonende Verfahren wie Dämpfen und Kochen den anderen wie Schmoren, Braten, Grillen, Rösten vorgezogen werden. Wie schon gesagt, die Kollath'schen Ordnungssysteme sind naturwissenschaftlich nicht nachzuvollziehen, auch seine Auxon- und Mesotrophie-Theorien sind mehr als zweifelhaft, die praktischen Regeln der Vollwert-Ernährung nach Kollath sind dagegen nach dem heutigen Stand ernährungswissenschaftlicher Erkenntnisse zu begrüßen.

Nachkommen von Werner Kollath, insbesondere der Arzt *Dr. Max-Otto Bruker,* (geb. 1909), haben seine Thesen und die Ablehnung der sogenannten »Industrienahrung«, also der nicht mehr vollwertigen Nahrung, ausgebaut. Diese Ablehnung richtet sich in besonderer Weise gegen den »Fabrikzucker« und das weiße Mehl. Den großen Verbrauch dieser beiden »wertlosen« Lebensmittel - oder nach Kollath müßte man sie auch »tote Nahrungsmittel« nennen - durch die Bürger führt nun Dr. Bruker auf eine grandiose Meinungsmanipulation durch die Ernährungsindustrie im Verein mit den Medien zurück. Wieder einmal ist ein Schuldiger gefunden für einen Tatbestand, den auch alle rational zu argumentieren sich bemühenden Ernährungswissenschaftler erkennen und anklagen: einen zu hohen Verbrauch an Zucker und Mehl mit seinen Folgen für Gebiß, Körpergewicht, Darmtätigkeit und das Entstehen von Stoffwechselkrankheiten.

Zusammenfassend soll noch einmal nachdrücklich betont werden, daß die heutige Ernährung des Bürgers der hochzivilisierten Industriegesellschaft in vieler Hinsicht verbesserungsbedürftig ist, aus gesundheitlichen Gründen verbessert werden muß. Hierüber soll in einem späteren Kapitel ausführlich gesprochen werden. Aber es gibt hier, wie auch sonst im Leben, keine pseudowissenschaftlich oder philosophisch begründete Patentlösung, sondern nur die mühselige Suche nach dem und das noch schwerere Einschwenken auf den vernünftigen Mittelweg.

Die naheliegende Frage, warum dennoch die Patentrezepte soviel mehr Erfolg zu haben scheinen als etwa die jahrzehntelangen Bemühungen der »Deutschen Gesellschaft für Ernährung« um eine vernünftige Ernährung, hat kürzlich der deutsche Ernährungspsychologe Professor *Pudel* aus Göttingen in einem sehr interessanten Aufsatz behandelt. Darauf soll im übernächsten Kapitel näher eingegangen werden.

III. Ernährung aus alternativer Landwirtschaft

1. Rudolf Steiner und der biologisch-dynamische Landbau

Bereits in seiner Kindheit und Jugend sind es drei sehr unterschiedliche Tätigkeits- und Interessenbereiche, die *Rudolf Steiner* (1861–1925) aus seiner Umwelt herausheben: der katholische Glaube, okkulte Erlebnisse und das Interesse an Naturwissenschaften und Technik. Schon als junger Student in Wien bemüht er sich um Denkansätze, mit denen er den philosophischen Einklang zwischen beobachteter Natur und erlebtem Geist herstellen will. Später entfernt er sich von der katholischen Kirche, ohne sich von ihr zu trennen, beschäftigt sich als Mitarbeiter der Weimarer Goethe-Ausgabe vor allem mit Goethes Vorstellungen von der Natur und wird schließlich Mitglied der »Theosophischen Gesellschaft«, deren Berliner Sektion er von 1902–1913 leitet. Er trennt sich von ihr, als diese Gesellschaft den 15jährigen Brahmanen Krischnamurti zum neuen Weltenlehrer ausruft, und gründet die *Anthroposophische Gesellschaft.* Hinsichtlich der philosophischen Aspekte der Anthroposophie muß auf die einschlägige Literatur verwiesen werden, hier soll nur noch erwähnt werden, daß Rudolf Steiner seine Lehre erfolgreich auf vielen Gebieten des praktischen Lebens und künstlerischen Schaffens wirksam gemacht hat, z. B. in der Pädagogik mit den Waldorfschulen, in der Architektur mit dem Goetheanum in Dornach bei Basel, in der Religion mit der Christengemeinschaft, in der körperlichen Bewegung mit der Eurhythmie und schließlich in der Landwirtschaft mit dem biologisch-dynamischen Landbau und der auf ihm basierenden Ernährung.

Befassen wir uns zunächst mit dem biologisch-dynamischen Landbau, der auf ein Werk Steiners aus dem Jahre 1924 mit dem Titel »Landwirtschaftlicher Kurs« zurückgeht. Ihm liegen natürlich die anthroposophischen Leitvorstellungen einer ganzheitlichen Lehre vom geistig-seelischen Wesen des Menschen in seinem Zusammenhang mit der sichtbaren Welt und den unsichtbaren (»okkulten«) Kräften des Kosmos zugrunde.

Die Anthroposophen glauben, daß die mineralischen und pflanzlichen Erscheinungen dieser Welt durch die Wirkungen elementarer »Bildekräfte«, sogenannter »Äther«, entstanden sind, von denen vier verschiedene wirksam sein sollen: der »Lebensäther«, der gestaltbildende Tendenz hat und vorwiegend im Wurzelbereich die mineralischen Umsetzungen befördert; der »chemische Äther«, der quellender Natur ist und die im Blatt und Stengel ablaufenden Stoffumwandlungen vollzieht; der »Lichtäther«, der über das Chlorophyll die Assimilation auslöst und auch für die bunten Farben der Blüten sorgt; schließlich der »Wärmeäther«, der alle Pflanzen durchdringt und zur Reifung der Früchte und Samen und damit zur Vermehrung führt. Diesen vier Ordnungsgruppen des mineralischen und des pflanzlichen Reiches ist das Tierreich mit seinen seelischen Äußerungen und schließlich als Spitze der Schöpfung der Mensch mit seiner individuellen Geistseele übergeordnet. Soviel zu den anthroposophischen Grundlagen des biologisch-dynamischen Landbaues.

In der Praxis soll dieser Landbau so betrieben werden, daß sich die Faktoren Boden – Pflanze – Tier – Mensch in ihren Lebensprozessen gegenseitig fördern, damit in jedem Betrieb ein möglichst geschlossener Kreislauf erreicht wird. Die Düngung soll sich auf den betriebseigenen kompostierten Mist der landwirtschaftlichen Nutztiere und den Kompost aus Pflanzenabfällen beschränken. Eine Ergänzung durch biologisch-dynamische Kompostpräparate (Brennesseln, Eichenrinde, Schafgarbe-, Kamille-, Löwenzahn- und Baldrianblüten) sowie durch Gesteinsmehle und Kalk ist erlaubt, alle sonstigen Mineraldünger sind verboten. Der Viehbestand soll eine Großvieheinheit je Hektar nicht überschreiten. Durch geeignete Formen der Bodenbearbeitung, vor allem tiefreichende mechanische Bodenlockerung, und durch artenreiche Fruchtfolge sollen die mikrobiologischen Prozesse im Boden gefördert, dadurch die Bodenfruchtbarkeit gesteigert und der Unkraut- und Schädlingsbefall vermindert werden. Chemischer Pflanzenschutz ist natürlich absolut verboten und wird ersetzt durch sogenannte natürliche Präparate wie Netzschwefel, Schachtelhalmaufschwemmungen, Wasserglas und auch durch die recht giftigen Pyrethrumpräparate (Pyrethrum ist eine tropische Kompositenart). Die wiederholte Aufbringung einer Aufschlämmung von 10 g Quarzmehl in 100 l Wasser auf pflanzliche Kulturen soll deren Wachstum und Qualität günstig beeinflussen; daran wird nur der glauben, der auch an die Homöopathie im Verdünnungsbereich D 10 und höher glaubt. Vollends in den Bereich des Glaubens, um nicht zu sagen des Aberglaubens, gehört, daß sogenannte kosmische Rhythmen auf den Boden und das Pflanzenwachstum einwirken und zwar je nach ihrer Herkunft auf Wurzeln, Blätter, Blüten und Früchte. Durch zeitliche Festlegung von Aussaat und Pflegemaßnahmen will der treu glaubende biologisch-dynamische Landbauer diese kosmischen Kräfte nutzbar machen.

Was nun die Ernährung angeht, so hat Rudolf Steiner dafür keine festen Regeln verfügt, sondern sich mehr an allgemeine Anwendungen seiner anthroposophischen Grundlagen gehalten. Hier sind drei Zitate aufschlußreich:

1. »Ein Mineral, eine Pflanze oder irgendetwas in unserer Umgebung ist nur seiner Außenseite nach stofflich ... hinter allem Materiellen ist Geistiges, auch hinter der Nahrung. Mit ihr nehmen wir nicht nur das auf, das materiell vor unseren Augen sich ausbreitet, sondern wir essen das mit, was Geistiges dahinter ist.«
2. »Wir essen natürlich nicht, damit wir diese oder jene Speise in uns bekommen, sondern wir essen aus dem Grunde, damit wir die Kräfte innerlich entwickeln, die diese Speise überwinden. Wir essen, um Widerstand zu leisten gegen die Kräfte dieser Erde, und wir leben auf der Erde dadurch, daß wir Widerstand leisten.«
3. »Wo Zucker ist, da ist Ich-Organisation. Wo Zucker entsteht, da tritt die Ich-Organisation auf, um die animalische Körperlichkeit zum Menschlichen hin zu orientieren.«

Die Praxis einer anthroposophisch orientierten Ernährung ist ungeachtet dieses für Nicht-Eingeweihte schwer verdaulichen, hier nur an wenigen Beispielen dargelegten philosophischen Überbaues leicht nachzuvollziehen und kann auch einer ernährungswissenschaftlichen Kritik standhalten. Es handelt sich nämlich um eine weitgehend laktovegetabile Kostform, die aber den Verzehr von Fleisch nicht vollständig ausschließt, Butter als Streichfett erlaubt und schonende Zubereitungsverfahren empfiehlt. Sieht man von der wissenschaftlich nicht zu begründenden besonderen Wertschätzung der Kieselsäure (Siliziumdioxid) und ihrer Salze, der Silikate, ab, die entgegen allen Tatsachen als wichtige Bestandteile des Bindegewebes angesprochen werden, nimmt man auch jene Behauptung nicht besonders ernst, nach der bestimmte Pflanzenteile in ihrer Wirkung bestimmten Systemen des menschlichen Körpers zugeordnet werden (Blätter wirken auf Herz und Lungen, Wurzeln auf Kopf und Nerven, Früchte und Samen auf den Stoffwechsel), so sind doch diese merkwürdigen Regeln trotz der in diesen und anderen Fällen angebrachten Skepsis im allgemeinen nicht als schädlich zu bezeichnen. Wichtigster Aspekt seiner Ernährung ist für den Anthroposophen natürlich die möglichst ausschließliche Verwendung von Erzeugnissen des biologisch-dynamischen Landbaues, die unter dem Markenzeichen »Demeter« vertrieben werden, übrigens ausnahmslos zu teilweise erheblich höheren Preisen. Er hat damit immerhin die Chance, Lebensmittel mit einem geringen Gehalt an Pestizid-Rückständen zu verzehren, obwohl nicht zu verschweigen ist, daß alle bisherigen Untersuchungen durchgehende signifikante Unterschiede in dieser Richtung nicht bestätigt haben.

Zusammenfassend möchte ich zu Rudolf Steiner und seiner Anthroposophie als persönliche Meinung sagen, daß ich es als interessantes Phänomen empfinde, daß er mit seiner Philosophie und den daraus gezogenen praktischen Anwendungen einen so großen, bis heute anhaltenden Erfolg erzielt hat. Von *Arthur Schopenhauer* und seinen viel handfesteren praktischen Lebensregeln spricht heute kein Mensch mehr, mit Ausnahme der gelegentlichen Zitierung seines Satzes: »Gesundheit ist nicht alles, aber ohne Gesundheit ist alles nichts.« Es ist offensichtlich so, daß Anthroposophie ein Religionsersatz geworden ist. Nachdem die Aufklärung des 17. und 18. Jahrhunderts den Glauben an die Allmacht Gottes relativiert und das Bewußtsein der menschlichen Vernunft gefördert hat, scheint es in unserem Jahrhundert gegenläufige Bewegungen zu geben, bei denen der alte Glaube durch okkulte Vorstellungen und schwer faßbare Mystifikationen ersetzt wird. Rudolf Steiner ist da ein harmloses, in manchen Aspekten sogar zu lobendes Beispiel; der Rassenwahn des Nationalsozialismus ist die entsetzlichste Ausprägung dieser modernen »Bewegungen«. Die Vernunft bleibt bei allen diesen Bewegungen leider meist auf der Strecke, und abschließend bleibt für mich die Frage, warum Steiner seine hohe Intelligenz und seine unglaubliche Produktivität nicht besser dazu genutzt hat, dem weniger begabten Zeitgenossen die bestaunenswerten Zusammenhänge und Abläufe der belebten und unbelebten Natur und die Rolle des Menschen darin aus der Sache heraus zu erläutern und verständlich zu machen. Statt dessen hielt er es in seiner Neigung zum Okkulten für richtig, die komplizierten Selbststeuerungsvorgänge der Natur mit so wolkigen Worten wie Geistseele, Lichtäther, Ich-Organisation, Astralleib usw. zu charakterisieren. Auch dies ist einer der vielen vergeblichen Versuche, der Natur irgendeinen metaphysischen Sinn oder Zweck zu unterstellen, weil der Mensch angesichts ihrer wunderbaren Vielfalt, ihrer Ästhetik für die menschlichen Sinne und ihrer für den Unkundigen rätselhaften Abläufe nach Erklärungen sucht. Natur und alles was dazu gehört, einschließlich des Kosmos, hat aber für sich keinen Sinn, kein Ziel und keinen Zweck; dies sind Kategorien des menschlichen Intellektes, nicht der Natur, auch nicht des menschlichen Organismus. Vielleicht ist es überhaupt die größte Leistung der Natur, daß sie den menschlichen Intellekt hervorgebracht hat, der solche Kategorien, die nicht naturimmanent sind, zu denken imstande ist.

2. Andere Formen alternativer Landwirtschaft

Kehren wir nach dieser, bei Rudolf Steiner nicht vermeidbaren, philosophischen Exkursion zu Landwirtschaft und Ernährung zurück.

Neben dem biologisch-dynamischen Landbau nach Steiner, der ältesten und in der praktischen Anwendung anspruchsvollsten Form der alternativen Landwirtschaft, sollen zwei weitere Formen beschrieben werden: der *organisch-biologische Landbau* und der *ANOG-Obstbau.* Es gibt noch weitere alternative landwirtschaftliche Wirtschaftsformen, die aber wegen ihrer geringen Bedeutung in Deutschland vernachlässigt werden können.

Der *organisch-biologische Landbau* ist in den dreißiger Jahren innerhalb der schweizerischen Bauernheimatbewegung entstanden. Seine wichtigste Grundlage ist die Schaffung und Pflege eines gesunden, biologisch aktiven Bodens, dabei sollen Bodenbearbeitung, Düngung und Pflanzenschutz wie beim biologisch-dynamischen Landbau möglichst mit betriebseigenen Mitteln erfolgen. Die Bodenbearbeitung soll »flachwendend, tieflokkernd« erfolgen, die Düngung aus wirtschaftseigenem Stallmist und Betriebsabfällen, die nicht in Mieten kompostiert sondern auf den Ackerflächen verteilt werden. Daneben sind organische Dünger wie Horn-, Knochen- und Blutmehl und auch mineralische Dünger wie Thomasmehl (feingemahlene, phosphathaltige Schlacke, die bei der Stahlherstellung nach dem Thomasverfahren anfällt), Patentkali (70 % Kaliumsulfat, 30 % Magnesiumsulfat) und Kalk (Calciumcarbonat) zulässig. Leichtlösliche Mineraldünger, die auf die Bodenbiologie »eine ätzende oder brennende Wirkung« haben, sowie anorganische Stickstoffverbindungen (z. B. Ammoniumnitrat) sind nicht zulässig. Im organisch-biologischen Landbau werden chemische Pflanzenschutzmittel nicht verwendet, man glaubt an die wohltätige Wirkung von siliziumreichem Urgesteinsmehl und verwendet ansonsten Präparate aus Schachtelhalm, Rainfarn, Brennesseln, Schmierseife und der schon erwähnten Pyrethrum-Pflanze. Wichtig ist auch hier eine sorgfältige, gut durchdachte Fruchtfolge, bei der den Leguminosen als natürlichen Stickstoffproduzenten eine besondere Bedeutung zukommt. Auf die Zuhilfenahme kosmischer Rhythmen verzichten die Landwirte dieser Richtung.

ANOG ist die Abkürzung von »Arbeitsgemeinschaft für naturnahen Obst-, Gemüse- und Feldfruchtanbau«, die 1962 gegründet wurde. Trotz ihres umfassenden Namens hat sie größere Bedeutung nur im Gartenbau gewinnen können. Im Vordergrund stehen auch hier Förderung oder Pflege der Bodenfruchtbarkeit durch Humuswirtschaft, zweckmäßiger Zwischenfruchtanbau und flache Bearbeitung. Eine mineralische Ergänzungsdüngung ist zulässig, wenn eine Bodenanalyse die Notwendigkeit nachweist, allerdings sind dabei schnellwirkende anorganische Stickstoffdünger ausgeschlossen. Bei den großen Gefährdungen, denen gerade der Obst- und Weinbau durch Schädlinge und Krankheiten ausgesetzt ist, erlaubt die ANOG synthetische Pflanzenschutzmittel, wobei weniger giftige und die Nützlinge schonende Mittel in restriktiven und selektiven Anwendungsverfahren benutzt werden dürfen. Die ANOG-Anbaumethoden stehen dem konventionellen Landbau am nächsten.

3. Kontrovers: alternativer Landbau – konventionelle Landwirtschaft

Zunächst muß zur Klarstellung der Begriffe gesagt werden, daß unter konventioneller Landwirtschaft jene Agrarproduktion verstanden wird, die die Erkenntnisse der modernen agrarwissenschaftlichen Forschung – als eines Zweiges der angewandten Naturwissenschaften – in der Praxis zugrundegelegt, um eine möglichst hohe Produktivität zu erzielen, ohne dabei die Qualität der Produkte aus dem Auge zu verlieren. *Alternativer Landbau* – oft auch als ökologischer oder schlechthin biologischer Landbau bezeichnet – umfaßt die in den ersten beiden Abschnitten kurz beschriebenen und einige weitere Verfahren, denen es in erster Linie auf die Qualität der Erzeugnisse ankommt, die aber im allgemeinen durch eine großzügige Preisgestaltung, z. T. bei Direktvermarktung, die ökonomischen Aspekte durchaus nicht außer acht lassen.

Bei der öffentlichen Diskussion über diese Kontroverse hat sich dank der Medien, die immer dem Alternativen und Anormalen den Vorrang gegenüber dem Konventionellen und Normalen zu geben geneigt sind, allmählich der Eindruck eingestellt, als stünde die Entscheidung zwischen alternativem und konventionellem Landbau unmittelbar bevor. Davon kann gar keine Rede sein, denn von rund 750 000 landwirtschaftlichen Betrieben arbeiten rund 1100 nach einer der Methoden des alternativen Landbaues. Von der landwirtschaftlich genutzten Fläche der Bundesrepublik Deutschland werden nur etwa 0,2 % alternativ bewirtschaftet, der größte Teil davon übrigens im süddeutschen Raum.

Werfen wir einen Blick auf die sogenannte konventionelle Landwirtschaft, so stellen wir fest, daß sich in den letzten 30 bis 35 Jahren durch den technisch-wissenschaftlichen Fortschritt gewaltige Veränderungen vollzogen haben. Für die in der Landwirtschaft tätigen Menschen ergaben sich ähnliche Änderungen wie für die in der gewerblichen Wirtschaft: wachsende Einkommen, weitgehender Abbau schwerer körperlicher Arbeit, kürzere Arbeitszeit. Auf der Erzeugungsseite waren diese Veränderungen gekennzeichnet durch rasche Fortschritte in der Züchtung, Ernährung und Krankheitsbekämpfung bei den landwirtschaftlichen Nutzpflanzen und -tieren, durch eine umfangreiche Mechanisierung und durch organisatorisch-technische Veränderungen wie Rückgang der Klein- und Mittelbetriebe, Trennung von pflanzlicher und tierischer Produktion, Einschränkungen der Fruchtfolge und Industrialisierung der Massentierhaltung.

Einige Zahlen mögen diese Entwicklung beleuchten:

- für die Bewirtschaftung von 1 ha Getreide wurden 1950 100 Arbeitsstunden, heute nur noch 20 benötigt;
- eine landwirtschaftliche Arbeitskraft hat um 1950 3,5 ha bewirtschaftet, heute schafft sie 15 ha;

- der Flächenertrag an Weizen, der von 1900 bis 1950 bei 20–25 dt/ha lag (1 dt = 1 Dezitonne = 100 kg), stieg bis 1980 auf über 50 dt/ha;
- die gesamte landwirtschaftliche Produktion – gerechnet in Getreideeinheiten – stieg 1950–1980 von 8 auf 25 Millionen Tonnen;
- der Anteil des Einkommens, der in einem 4-Personen-Arbeitnehmerhaushalt mit mittlerem Einkommen für Lebensmittel aufgewendet wurde, fiel von 43 % im Jahre 1950 auf 19 % im Jahre 1980, ungeachtet der erheblichen wertmäßigen Verbesserung der täglichen Nahrung in diesem Zeitraum (z. B. mehr Fleisch, mehr Obst und Südfrüchte, mehr Milcherzeugnisse, weniger Grobgemüse).

Nun ist es eine Binsenweisheit, daß im Leben des einzelnen wie in der Entwicklung der Gesellschaft jeder wesentliche Fortschritt auch seine Schattenseite hat. Es gibt eben nichts geschenkt, und wir können froh sein, wenn auf lange Sicht die nachteiligen Wirkungen geringer als die wohltätigen sind, so daß unter dem Strich doch ein Beitrag auf dem Wege zum Besseren übrig bleibt.

Aber der große Produktivitätsfortschritt der Landwirtschaft in den letzten drei Jahrzehnten hat natürlich auch seine negativen Seiten; einige, die wir alle kennen, einige, die nur Fachleute erkennen und beurteilen können. Daß Brathähnchen zu »Gummiadlern« verkommen sind, ist schon sprichwörtlich, daß ein Suppenhuhn nicht zur Hühnersuppe führt, weiß auch fast jeder, ebenso wie wohl jedem schon mal sein Schweineschnitzel in der Pfanne sich zu einem Stückchen runzligem Leder mit gummiähnlichen Eigenschaften verwandelt hat. Die Sortenvielfalt auf dem Obstmarkt hat sich vor allem bei Äpfeln und Birnen drastisch vermindert, Butter hat häufig den Charme von streichfähigem Rindertalg: ohne Farbe, ohne Aroma, ohne Geschmack. Dieses Klagelied soll nun nicht noch verlängert werden, aber wir können auch nicht weghören, wenn uns viele Fachleute sagen, daß die moderne Landwirtschaft mit Technik und Chemie die

Bodenfruchtbarkeit beeinträchtigt, das Grundwasser belastet, resistente Schädlinge hervorbringt, Rückstände verursacht, viel Energie verbraucht und enorme Überschüsse produziert. Dies alles hat Unmut nicht nur bei Grünen und Alternativen ausgelöst; jenen Bewegungen, die ihren Ausgang in den kritischen Potentialen hatten, die sich vor allem an den Hochschulen seit Mitte der 60er Jahre gegenüber den politischen, wirtschaftlichen und gesellschaftlichen Verhältnissen in der Bundesrepublik entwickelt hatten. Der alternative Landbau, der als biologisch-dynamische Wirtschaftsweise schon seit Ende der zwanziger Jahre bekannt war, kam in die allgemeine Diskussion, weniger allerdings – wie schon gezeigt – in die Praxis. Aber er gab Anstöße und förderte Gedanken, die in der konventionellen Landwirtschaft schon gegen Ende der 60er Jahre ventiliert wurden, Fragen nämlich, ob eine ständige weitere Steigerung der Produktionsquantität möglicherweise zu Einbußen in der Produktqualität und zu Beeinträchtigungen der nicht vermehrbaren Ressourcen Boden, Wasser und Luft führen können.

Hermann Höcherl (Bundesminister für Ernährung, Landwirtschaft und Forsten 1965–1969) betrachtete in seiner agrarpolitischen Bilanz im technischen Zeitalter »Die Welt zwischen Hunger und Überfluß« die landwirtschaftliche Produktion noch allein unter dem quantitativen Gesichtspunkt; drei Jahre später gab der Bundesminister für Ernährung, Landwirtschaft und Forsten *Josef Ertl* in der von seinem Ministerium edierten Zeitschrift »Berichte über Landwirtschaft« einen fast 800 Seiten umfassenden Sammelbericht »Umweltschutz in Land- und Forstwirtschaft« heraus. So sehen wir die konventionelle Landwirtschaft, die sich nicht zu Unrecht dagegen wehrt, daß alternative Landbauverfahren den Begriff »biologisch« für sich beschlagnahmt haben, auf dem Wege zur größeren Beachtung von qualititativen und ökologischen Gesichtspunkten bei der Agrarproduktion. Mit einer »Machtübernahme« in der Nahrungsproduktion durch die alternativen Landbauverfahren kann weder in den hochentwickelten Industriestaaten des Westens noch in den armen Ländern der Dritten Welt und schon gar nicht in den

Ländern des real existierenden Sozialismus gerechnet werden. Noch beim 9. Parteitag der Sozialistischen Einheitspartei Deutschlands (SED) in der DDR im Jahre 1976 lautete einer der Parteitagsbeschlüsse: »Steigerung der landwirtschaftlichen Erzeugung durch weitere Chemisierung der Produktionsverfahren!«

Wenn dieses Zitat aus der Erinnerung nicht wörtlich sein sollte, das Wort »Chemisierung« wurde mit Sicherheit so verwendet, zu einer Zeit, als es hierzulande schon ähnliche Schrekken wie früher der Auftritt des Leibhaftigen auslöste. Bei der Begründung für diese Prognose, wonach ein genereller Übergang der konventionellen Landwirtschaft zu alternativen Wirtschaftsformen nicht zu erwarten ist, kann ich mich kurz fassen:

1. Zwischen Lebensmitteln aus konventionellem und solchen aus alternativem Landbau wurden bisher keine wesentlichen Unterschiede in den Inhaltsstoffen, bei den Kontaminanten und Rückständen festgestellt (näheres Seite 48).
2. Die Kosten des beim alternativen Landbau erheblich höheren Arbeitskräfteeinsatzes können zur Zeit durch höhere Preise – wegen der das Angebot übersteigenden Nachfrage – erwirtschaftet werden. Dieser Marktvorteil wird bei zunehmender Produktion oder abnehmender Nachfrage rasch verloren gehen.
3. Für die hungernden Menschen der Dritten Welt sind nicht, wie das manchmal geglaubt und propagiert wird, ideologisch oder auch idealistisch begründete Produktions- und Vermarktungswege vonnöten, sondern eine rasche, das Bevölkerungswachstum überschießende Steigerung der eigenen Agrarproduktion und regional angepaßte Anwendung der modernen Erkenntnisse und Vermeidung ihrer Nachteile.
4. Die konventionelle Landwirtschaft wird vernünftige und realisierbare Forderungen des alternativen Landbaues mehr und mehr übernehmen, so daß dessen Legitimationsgrundlage immer geringer wird.

Nachbemerkung: Bei einer Fahrt durch die Eifel hatte ich im Sommer 1984 einen seit Jahrzehnten vermißten Anblick: reifende

Getreidefelder mit prächtigen blauen Korn- und roten Mohnblumen, und zwar so häufig, daß es sich nicht nur um die Äcker alternativ wirtschaftender Bauern handeln konnte. Ich gewann den Eindruck, als würde mit Herbiziden ein wenig sparsamer umgegangen.

IV. Werden wir wirklich alle vergiftet? Zur Frage des Schadstoffgehaltes von Lebensmitteln

1. Iß und stirb

Unter diesem unglaublichen Titel veröffentlichte im Jahre 1982 ein renommierter deutscher Verlag nicht etwa einen Bildband über giftige Pilze sondern ein Buch über Lebensmittel mit dem Untertitel »Chemie in unserer Nahrung«. Es wird also mit diesem Titel versucht, zwei ganz normale Lebenstatbestände, das Essen und das Sterben, in einen kausalen Zusammenhang zu bringen, und zwar nicht in den gewohnten (»Wer nicht ißt, muß Hungers sterben«) sondern in den gegenteiligen: Wenn man ißt, muß man sterben. Ein Schelm, wer dabei an den grünen Knollenblätterpilz oder an Sokrates' Giftbecher denkt. Gemeint ist, daß man an der »Chemie in unserer Nahrung« stirbt.

Nun ist jenes Buch keineswegs ein Einzelfall; allenfalls wegen seines perfiden Titels, bei dem sich die Verfasser und der Verlag allerdings schon mit minimalen Kenntnissen der Werbepsychologie hätten sagen müssen, daß eine derart extreme Formulierung nicht mehr aufmerksamkeitserregend und damit verkaufsfördernd ist, sondern deprimierend, Unlust und Überdruß auslösend, und damit einem Kaufentschluß entgegenwirkt. Schon 1973 erschien ein Buch mit dem rasanten Titel »Gift auf dem Tisch? Profit oder Gesundheit in unseren Lebensmitteln«, das nicht etwa von Vorläufern der alternativ-grünen Bewegung verfaßt worden ist sondern von vier Professoren, die man getrost dem wissenschaftlichen Establishment zurechnen konnte. Und 1974 brachte *Werner Stoya,* Lebensmittelchemiker in einem Untersuchungsamt, das Buch »Chemie in unserer Nahrung ... ein Skandal« heraus. Alle diese Bücher und einige andere, hier nicht erwähnte, waren keine großen Renner. Das große Geschäft mit diesem Thema machte ein anderes Druckwerk, nämlich das Buch »Chemie in Lebensmitteln«. Herausgegeben von einer

»Katalyse-Umweltgruppe« in Köln, verlegt vom Kölner Volksblatt-Verlag, erschien es im Mai 1981 in einer Auflage von 3000 und stellte sich im taschenbuchähnlichen Papierband mit schlechtem Druck auf schlechtem Papier als ein auf dem riesigen Büchermarkt unserer Zeit kaum hervorragendes Produkt dar; immerhin erschien im September 1981 eine zweite Auflage von 10 000, nachdem der »Bundesverband Bürgerinitiativen Umweltschutz (BBU)« das Buch propagiert hatte. Nach verschiedenen Beanstandungen, unter anderem wegen der forschen Charakterisierung von Salat: »Nichts drin – viel drauf!« und »Im Salat ist Gift!« wurde das Buch überarbeitet und in neuer ansehnlicher Aufmachung mit festem Einband, klarem Druck und gutem Papier und mit Griffregister mit einer aufwendigen Werbekampagne auf den Markt gebracht. In den folgenden zwei Jahren erreichte das Buch 26 Auflagen mit insgesamt 260 000 Exemplaren. Von solchen Zahlen können Sachbuchautoren und -verlage sonst nur träumen. Wie ist dieser großartige Erfolg zu erklären? Kein Zweifel, daß das Buch gut gemacht ist, es ist nicht nur äußerlich ansehnlich, es ist auch flott und gut lesbar in einem allgemeinverständlichen Deutsch geschrieben, es enthält umfangreiche warenkundliche Hinweise für den Verbraucher und kostet zudem nur DM 20,–. Durch geschickt gestaffelten Mengenrabatt zusammen mit weitverbreiteter Werbung ist vermutlich auch erreicht worden, daß das Buch als Lehrmaterial Eingang in den Schulunterricht gefunden hat, was bei der allgemeinen Neigung junger Menschen und auch vieler Pädagogen zu alternativen Vorstellungen kein Wunder wäre.

Diese Gründe scheinen aber für eine plausible Erklärung des Erfolges von »Chemie in Lebensmitteln« allein nicht ausreichend zu sein. Dazu kommt ein Faktor, zu dessen Erklärung auf Aussagen von *Volker Pudel* zurückgegriffen werden soll. Er ist nämlich der Meinung, daß die allgemeine Verunsicherung in der Ernährung als Ausdruck der allgemeinen Instabilität und Labilisierung im gesamtgesellschaftlichen Rahmen gedeutet werden kann. Diese Aussage hat viel für sich, auch wenn man – wie ich – der Auffassung ist, daß »die allgemeine Instabilisierung und Labilisierung im gesamtgesellschaftlichen Rahmen« heute nicht anders ist, als sie es in früheren Zeitabschnitten der menschlichen Geschichte auch immer wieder war; mit dem Unterschied allerdings, daß diese Erscheinungen dank der Allgegenwart und Allmacht der Massenmedien heute auch dem letzten Bürger eingebleut und als typische Phänomene unserer Zeit hingestellt werden. Ich sehe nur zwei wesentliche qualitative Unterschiede in den krisenhaften Vorstellungen und den tatsächlichen Krisen früherer und jetziger Zeiten: Die Zahl der Menschen ist heute unvergleichlich viel größer, und sie steigt – mit noch unabsehbaren Folgen – immer weiter; gleichzeitig verfügen die Menschen über militärtechnische Systeme, mit denen sie sich selbst und weite Teile des irdischen höheren Lebens innerhalb weniger Stunden auslöschen können. Deshalb bin ich aber nicht geneigt, dem heutigen Menschen ein höheres Maß objektiv legitimierter Angst und Verunsicherung zuzubilligen als dem Bürger der antiken Polis, der mit dem heranziehenden Heer eines barbarischen Eroberers den sicheren Untergang seines individuellen Daseins und seiner Gesellschaft vor Augen hatte, dem Einwohner der mittelalterlichen Stadt, dem mit der näher kommenden Pest der Tod und die Zerstörung der bürgerlichen Ordnung fast sicher waren, den Angehörigen des armenischen Volkes im osmanischen Reich und des jüdischen Volkes im Deutschen Reich, deren Untergang aus religiösem und Rassenwahn vor 100 bzw. 50 Jahren fast unausweichlich war.

Zurück zur Ernährung. Daß hier große Verunsicherung obwaltet, daran kann gar kein Zweifel bestehen. Warum hat sich das Gefühl allgemeiner Instabilität und Labilisierung gerade in einer so auffallenden Verunsicherung in der Ernährung niedergeschlagen? Mehrere Gründe können hier genannt werden:

- das höchst unzulängliche Allgemeinwissen der Bürger über naturwissenschaftliche Grundtatsachen im allgemeinen und über die Ernährung im besonderen;
- die rätselhafte Neigung vieler Bürger, in vielen Gegebenheiten des heutigen Lebens – z. B. Rauchen, Alkoholverbrauch,

Straßenverkehr, Arzneimittelgebrauch – erkennbare konkrete Risiken in Kauf zu nehmen, im Bereich der Ernährung, vor allem der Schadstoffe, aber absolute Sicherheit zu fordern;
- die Unfähigkeit der Massenmedien, über die schwierigen Fragen der Ernährung, insbesondere über den Schadstoffgehalt der Lebensmittel, anders als im Stile des Sensationsjournalismus zu berichten;
- das wichtigtuerische Bedürfnis einzelner Wissenschaftler, sich in der Öffentlichkeit mit unseriösen Ergebnissen oder mit der unseriösen Interpretation an sich plausibler Ergebnisse zu profilieren;
- die Ignoranz vieler Wissenschaftler gegenüber der Notwendigkeit, dem Bürger die Erkenntnisse und Ergebnisse ihrer Forschung in verständlicher Weise nahezubringen.

Der verunsicherte Bürger mit der weitverbreiteten, indessen falschen Meinung: »Wir werden alle vergiftet« greift nun zu seiner Beruhigung nicht nach den langatmigen, mit vielen Wenn und Aber versehenen und unser immer nur begrenztes Wissen betonenden Ausführungen der etablierten Wissenschaft; er greift natürlich nach den einfachen und verständlichen Darstellungen der Alternativen. Hier werden die Vorurteile bestätigt und Forderungen nach Patentlösungen erhoben; Forderungen, die sich fast immer an andere, an den Staat, an die Industrie, an die Landwirtschaft richten; Patentlösungen, die immer unrealistisch sind, genau wie das berühmte Vorbild aller Patentlösungen: das Perpetuum mobile.

In den folgenden Abschnitten dieses Kapitels soll nun versucht werden, dem Leser zu einer ausgewogenen und vernünftigen Beurteilung des Schadstoffgehaltes in Lebensmitteln ohne Panikmache und ohne Schönfärberei zu verhelfen. Zuvor sind jedoch noch einige terminologische Klärungen notwendig. Der bisher schon wiederholt verwendete Begriff »Schadstoffe« ist dann nicht korrekt, wenn man in einem Text auch den Bereich der *Zusatzstoffe* abhandeln will. Zusatzstoffe sind nach der gesetzlichen Definition Stoffe, die Lebensmitteln zur Erzielung irgendeines technischen Zweckes zugesetzt werden, also Farbstoffe, Konservierungsstoffe, Emulgatoren, Dickungsmittel usw. Es dürfen nur solche Zusatzstoffe verwendet werden, die ausdrücklich in einer Rechtsverordnung – meist mit einer Begrenzung der Menge und des Verwendungszweckes – zugelassen worden sind. Zugelassen werden nur solche Stoffe, die in den praktisch verwendeten Mengen gesundheitlich völlig unbedenklich sind; insoweit kann man also bei den Zusatzstoffen nicht von Schadstoffen reden. Diese Stoffe unter den Oberbegriff »Gift in der Nahrung« einzureihen, ist lächerlich. Keine Regel ohne Ausnahme: Der Zusatzstoff »Schwefeldioxid« kann bei Verbrauchern, die regelmäßig größere Mengen Wein trinken – also etwa wesentlich mehr als eine normale Flasche täglich – Werte erreichen, die gesundheitlich nicht mehr ganz unbedenklich sind. Und natürlich das Allergieproblem; so wie es Menschen gibt, die gegen Gräserpollen, Erdbeeren, Primeln und Aktenstaub allergisch sind, so gibt es auch welche, die gegenüber dem Zusatzstoff Benzoesäure oder gegenüber anderen Zusatzstoffen allergisch sind.

Von den Zusatzstoffen soll im folgenden nicht mehr geredet werden, sondern nur noch von den beiden Schadstoffgruppen *Rückstände* und *Kontaminanten.*

Rückstände sind – wie der Name schon sagt – Reste von Stoffen, die im Verlauf der landwirtschaftlichen Erzeugung zur Produktionssicherung und -steigerung bei Pflanzen und Tieren angewendet werden. Es handelt sich also in der Hauptsache um Rückstände von Pflanzenschutzmitteln, von Schädlingsbekämpfungsmitteln sowie von Tierarzneimitteln und von Futtermittel-Zusatzstoffen in unserer Nahrung.

Kontaminanten sind dagegen Stoffe, die durch menschliche Tätigkeiten in Industrie, Haushalt und Verkehr in die Umwelt kommen und dann über die Luft, das Wasser oder den Boden in Pflanzen und Tiere und damit auch in die von ihnen gewonnenen Lebensmittel für den Menschen gelangen können, sie also kontaminieren = verunreinigen. Hier handelt es sich um viele Stoffgruppen, von denen die drei wichtigsten erörtert werden sollen: Schwermetalle, Organohalogenverbindungen und Nitrate.

Die früher häufig verwendeten Begriffe »Umweltchemikalien« und »Biozide« hat man in den letzten Jahren wegen ungenauer Begriffsinhalte fallen lassen – jedenfalls für den Lebensmittelbereich.

2. Rückstände in pflanzlichen Lebensmitteln

Wenn überhaupt irgendwo mit einem Anschein von Berechtigung von »Gift in der Nahrung« gesprochen werden kann, dann bei den Rückständen von Pflanzenschutz- und Schädlingsbekämpfungsmitteln. Diese Mittel werden auch als *Pestizide* bezeichnet; der Begriff ist der englischen Sprache entnommen und bedeutet soviel wie »Mittel, die Schädlinge töten«. Dabei sind Schädlinge nicht nur Ratten und Mäuse sondern alle Schädlinge unserer Nutzpflanzen, also auch Insekten, Würmer, Bakterien, Schimmelpilze, Virusstämme und auch die sogenannten Unkräuter. Nun sind Pestizide Gifte für die Organismen, gegen die sie angewendet werden und für die sie speziell entwickelt worden sind; für den Menschen, der später Lebensmittel mit ihren Rückständen verzehrt, und für Nützlinge, also Singvögel, Bienen usw., sollen sie natürlich nicht giftig sein. (Mit dem schillernden Begriff »Gift« werden wir uns im letzten Abschnitt dieses Kapitels etwas ausführlicher befassen.)

Die so oft gestellte Frage, ob wir nicht ohne Pflanzenschutzmittel auskommen können, ist eindeutig mit Nein zu beantworten. Selbst der alternative Landbau verwendet Pflanzenschutzmittel, wenn auch andere als die konventionelle Landwirtschaft, immerhin verzichtet er auch nicht auf die »giftigen« Pyrethrum-Präparate.

Als die Menschen der jüngeren Steinzeit vor 8000–6000 Jahren von der unsicheren Ernährungslage durch Jagen und Sammeln allmählich zu der viel sichereren Nahrungsbasis durch Ackerbau und Viehzucht übergingen – ein entscheidender Fortschritt als Voraussetzung für Kultur und Zivilisation –, war damit ein wichtiger Eingriff in das natürliche biologische Gleichgewicht verbunden. Aus der sich selbst regulierenden Naturlandschaft entstand nach und nach die Kulturlandschaft, wie wir sie heute kennen: eine Schöpfung des Menschen, der Natur abgerungen, die Natur dienstbar gemacht. Auch hier: Kein Fortschritt ohne Kehrseite. Man kann sich gut vorstellen, wie jene Insekten, die sich schon seit Hunderttausenden von Jahren mehr schlecht als recht von den kümmerlichen Samen der wildwachsenden Gräser ernährt hatten, geradezu Hurra schrieen, als sie der ersten Getreidefelder ansichtig wurden. Endlich konnten sie sich richtig sattfressen und sich artgemäß zahlreich vermehren. Und unser steinzeitlicher Ackerbauer ging unter dem Gespött seiner noch jagenden Nachbarn zähneknirschend über sein Feld, nannte seine unerwünschten Mitesser »Schädlinge« und sann auf Abhilfe. Zunächst wird er vermutlich seine Frauen und Kinder mit dem Befehl auf den Acker gejagt haben, die Käfer alle abzusammeln. Später lernte er natürliche Verbündete kennen, die Vögel, abschreckend wirkende Pflanzen; das meiste aber mußte der Mensch selber tun. Oft genug unterlag er im Kampf gegen ein feindliches Klima und gegen die Schädlinge, die Ernte wurde vernichtet, und schrecklicher Hunger verbreitete sich.

Jahrtausendelang ging das so, wie es im Alten Testament beschrieben ist: »Was die Raupen lassen, das fressen die Heuschrecken; was die Heuschrecken lassen, das fressen die Käfer; was die Käfer lassen, das frißt das Geschmeiß. Wachet auf, ihr Trunkenen und Weinsäufer, weinet und heulet um den Most, denn er ist euch vor eurem Maule weggenommen.« (Prophet Joel 1, 3–5).

Noch im vorigen Jahrhundert hatten Pflanzenkrankheiten katastrophale Folgen. So starben in den Jahren 1845/47 in Irland 250 000 Menschen am Hunger, und 2,5 Millionen wanderten aus Angst vor dem Verhungern aus, weil der Schimmelpilz Phytophtora infestans zwei Kartoffelernten und damit die wichtigste Nahrungsgrundlage der Iren zerstört hatte. In der zweiten Hälfte des vorigen Jahrhunderts wurde der Weinbau in

Mitteleuropa durch Mehltau und Reblaus so dezimiert, daß schwere wirtschaftliche Schäden vor allem für die Weinbauern die Folge waren. So ist es kein Wunder, daß sich bei diesen Erzeugnissen mit den schnellen Fortschritten der Chemie in den letzten Jahrzehnten des 19. Jahrhunderts auch der chemische Pflanzenschutz rasch entwickelte. Im Deutschen Reich wurde 1898 die Kaiserliche Biologische Anstalt zur staatlichen Förderung des chemischen Pflanzenschutzes gegründet.

Noch heute werden die Verluste der landwirtschaftlichen Erzeugnisse durch Schädlinge aller Art auf weltweit rund ein Drittel geschätzt; in Europa dürften sie nur 15–20 % betragen, bei manchen tropischen Erzeugnissen aber 50 % und mehr. Um des reinen Überlebens einer ständig wachsenden Menschheit willen wird also die Anwendung von Pflanzenschutzmitteln vor allem in Entwicklungsländern noch ausgedehnt werden müssen. Die Forderung für uns dagegen muß lauten: Besserer Pflanzenschutz mit geringeren ökologischen Folgen und mit weniger Rückständen. Was geschieht dazu?

a) In der Bundesrepublik Deutschland darf kein Pflanzenschutz- oder Schädlingsbekämpfungsmittel auf den Markt kommen, wenn es nicht von der Biologischen Bundesanstalt zugelassen wird. Dies ist im *Pflanzenschutzgesetz* vorgeschrieben. Der Zulassung muß das Bundesgesundheitsamt zustimmen; vor der Zulassung müssen die Antragsteller umfangreiche wissenschaftliche Daten erarbeiten und vorlegen. Die amtliche Prüfung erstreckt sich u. a. auf die Wirkungen des Mittels auf die Gesundheit von Mensch und Tier, auf die Bildung von Rückständen und auf das Verhalten gegenüber Pflanzen, Böden und Gewässern. Wichtig sind also die toxikologischen Beurteilungen der Wirkstoffe gegenüber Mensch und Tier (auch wildlebendem) und die ökologischen Auswirkungen auf Boden und Wasser. Die Zulassung ist begrenzt auf 10 Jahre, sie kann erneut erteilt, aber auch vorzeitig widerrufen werden. Wichtig ist auch, daß auf den Packungen die sogenannte Wartezeit angegeben werden muß, das ist der Zeitraum, der zwischen der Anwendung und der Ernte liegen muß. Zur Zeit sind etwa 1850 Pflanzenschutzmittel zugelassen, von denen 20 % nach den giftrechtlichen Vorschriften der Bundesländer als Gifte eingestuft sind und entsprechend deklariert werden müssen.

b) Die *Pflanzenschutzmittel-Höchstmengen-Verordnung* schreibt vor, welche Rückstandsmengen der einzelnen Wirkstoffe in bestimmten Lebensmitteln höchstens enthalten sein dürfen. Sie ist eine Rechtsverordnung, die auf dem Lebensmittelgesetz basiert und ausschließlich dem Gesundheitsschutz der Verbraucher dient. Die Höchstmengen werden aufgrund international vereinbarter toxikologischer Daten und mit einem hohen Sicherheitsfaktor festgelegt. In der genannten Verordnung sind für 42 Wirkstoffe Höchstmengen in Lebensmitteln tierischer Herkunft und für etwa 370 Wirkstoffe Höchstmengen in pflanzlichen Lebensmitteln festgelegt, meistens nur für bestimmte Lebensmittel, weil viele Mittel spezifisch für einen Schädling bei einer Nutzpflanze, etwa Spargel, Weintrauben oder Kohlarten, entwickelt worden sind.

Was Laien immer wieder unverständlich ist, sind in diesem Zusammenhang zwei Tatsachen: daß Höchstmengen für solche Wirkstoffe festgesetzt sind, die in der Bundesrepublik Deutschland nicht zugelassen sind, und für solche, die früher einmal verwendet wurden, aber längst verboten sind, z. B. DDT. Was den ersten Fall angeht, so ist leicht einzusehen, daß wir auch Rückstände auf solchen pflanzlichen Lebensmitteln begrenzen wollen, die hierzulande nicht wachsen, aber verzehrt werden, z. B. Südfrüchte, Kaffee, Tee, Kakao. Diese Pflanzen benötigen unter ihren tropischen und subtropischen Lebensbedingungen natürlich auch andere Mittel, als sie hier für unsere Nutzpflanzen gebraucht werden. Und wenn wir Höchstmengen für längst nicht mehr angewandte Wirkstoffe, wie etwa DDT, in der Verordnung finden, so liegt das daran, daß diese Stoffe von so großer Beständigkeit in der Natur sind, daß sie noch 10–15 Jahre nach der Anwendung in Boden oder sonst in der Umwelt und damit auch in unseren Nahrungs- und Futterpflanzen (und dadurch auch in tierischen Erzeugnissen) vorkommen können.

Wie ist nun die tatsächliche Lage, wieweit werden wir durch Rückstände von Pflanzenschutzmitteln belastet? Die Kontrolle dieser Frage obliegt der amtlichen *Lebensmittelüberwachung*, die von den Bundesländern durchgeführt wird. Es gibt deshalb keine bundeseinheitliche Statistik. Die Auswertung der Berichte der Lebensmitteluntersuchungsämter ergibt etwa folgendes Bild: durchschnittlich 70 % der untersuchten Proben enthalten keine Rückstände, etwa 28 % Proben enthalten Rückstände in den zulässigen Grenzen, der Rest von 2 % Rückstände in unzulässigen Mengen. Zur Beurteilung muß man noch wissen, daß diese Werte für Proben aus dem Lebensmitteleinzelhandel gelten, in dem Lebensmittelkontrolleure mit geschultem Blick nach Verdachtsproben suchen; eine echte durchschnittliche Marktanalyse würde wahrscheinlich noch günstigere Verhältnisse ergeben. Außerdem ist es sicher, daß die noch vorhandenen Rückstände aber durch die küchenmäßige Reinigung und Verarbeitung erheblich vermindert werden, weil sich die Wirkstoffe meistens auf der Oberfläche der Lebensmittel befinden. Interessant ist in diesem Zusammenhang, daß alle bisherigen seriösen Vergleichsuntersuchungen zwischen konventionellen Lebensmitteln und solchen, die aus alternativem Landbau angeboten werden, keine wesentlichen Unterschiede in den Rückstandswerten nachgewiesen haben.

Insgesamt zeigt sich in den letzten Jahren eine rückläufige Tendenz in den Rückstandswerten, und das aus mehreren Gründen:

- Die Anwendung der Mittel wird unter aktiver Anleitung der Pflanzenschutzämter sorgfältiger und gezielter vorgenommen;
- die nicht mehr zugelassenen Organohalogenverbindungen (DDT, HCB) werden von der Natur allmählich mehr und mehr abgebaut, so daß ihre Rückstände in Lebensmitteln abnehmen;
- wegen der hohen Preise für die Mittel wird weniger »auf Verdacht« und häufiger nur noch bei eindeutiger Notwendigkeit »gespritzt«;

- die Industrie hat bessere Mittel entwickelt, die schneller abgebaut werden und deshalb geringere Rückstände bilden;
- eine zunehmende Bedeutung hat der sogenannte »integrierte Pflanzenschutz« gewonnen, bei dem nicht einfach nur gespritzt wird, sondern auch Maßnahmen der Bodenbearbeitung, der Mischkultur, der Sortenwahl u. a. zum Pflanzenschutz genutzt werden und damit der Einsatz von chemischen Mitteln verringert werden kann.

Diese rückläufige Tendenz wird sich aller Voraussicht nach in der Zukunft weiter fortsetzen, weil die zuvor genannten Gründe auch weiterhin gelten und weil auch neue Aspekte dazu wirksam werden. Hier wäre der biologische Pflanzenschutz zu erwähnen, mit dem angestrebt wird, die Schädlinge durch ihre Schädlinge zu dezimieren. Das schönste Beispiel ist hier, Blattläuse durch Marienkäfer verzehren zu lassen. Aber auch der Einsatz von Sexuallockstoffen und die sogenannte »sterile male technique« könnten bei der Bekämpfung schädlicher Insekten in Zukunft eine Rolle spielen. Schließlich wird auch die Züchtungsforschung ihre Beiträge zu einer verminderten Pestizid-Anwendung durch Züchtung von Nutzpflanzensorten leisten, die gegen bestimmte Schädlinge oder Krankheiten resistent sind.

3. Rückstände in Lebensmitteln tierischer Herkunft

Handelt es sich bei den Rückständen in pflanzlichen Lebensmitteln fast immer ausschließlich um Rückstände von *Pflanzenschutzmitteln,* so haben wir es bei den Rückständen in Lebensmitteln tierischer Herkunft mit einer größeren Palette sehr verschiedener Wirkstoffe zu tun.

Das fängt damit an, daß in Lebensmitteln tierischer Herkunft auch Rückstände von Pflanzenschutzmitteln vorkommen können. Es wurde schon erwähnt, daß in der Pflanzenschutzmittel-Höchstmengenverordnung für 42 Wirkstoffe maximale Rückstandswerte in Fleisch, Fisch, Milch, Eiern und Erzeugnissen daraus festgelegt worden sind; auch für solche Stoffe, die schon längst nicht mehr verwendet werden, aber noch in der Umwelt vorhanden sind, wie DDT, Endrin, Hexachlorbenzol. Diese Stoffe gelangen mit dem Futter auf dem Wege des sogenannten »Carry over« in den tierischen Organismus und gehen dort entweder in die Fettgewebe oder in die fetthaltigen Produkte über, die von lebenden Tieren gewonnen werden, nämlich Milch und Eier. Von der Lebensmittelüberwachung werden in Lebensmitteln tierischer Herkunft ironischerweise sehr viel häufiger Rückstände von Pflanzenschutzmitteln gefunden als in pflanzlichen Lebensmitteln; Überschreitungen allerdings kommen auch genau so selten vor. Dies ist mit Sicherheit eine Folge der vor Jahren auch für Futtermittel festgesetzten Höchstmengen für Pflanzenschutzmittel. Im übrigen sind die tatsächlichen Werte für die nicht mehr zugelassenen Wirkstoffe wie DDT und andere, die von der Lebensmittelüberwachung gefunden werden, seit Jahren in einem kontinuierlichen Rückgang begriffen.

Von wesentlich größerer Bedeutung als die Pflanzenschutzmittelrückstände sind bei den Lebensmitteln tierischer Herkunft die sogenannten *Stoffe mit pharmakologischer Wirkung.* Hinter dieser ziemlich trockenen Formulierung verbergen sich Dinge, die vor einigen Jahren zu großer öffentlicher Aufregung geführt haben; gemeint sind die Östrogenskandale. Die amtliche Lebensmittelüberwachung hatte in Babynahrung, die mit Kalbfleisch hergestellt war, Spuren von synthetischen Östrogenen gefunden. Es handelt sich dabei um bestimmte Stoffe, die im tierischen Organismus wie weibliche Sexualhormone wirken. Wenn man solche Stoffe z. B. männlichen Kälbern verabreicht, kann man damit bei ihnen die Geschlechtsreife hinauszögern und den Fleischansatz fördern und damit den wirtschaftlichen Erfolg der Kälbermast erheblich erhöhen. Es handelt sich eindeutig um kriminelle Praktiken zum Nachteil des Verbrauchers, die schon durch die Lebensmittelgesetz-Novelle von 1958 verboten worden sind. Der Ausdruck Skandal ist in diesem Fall völlig gerechtfertigt, auch wenn konkrete Gesundheitsschäden durch die sehr kleinen Spuren von Östrogenen, die gefunden wurden, nicht zu befürchten waren.

Nun sind unter dem Sammelbegriff »Stoffe mit pharmakologischer Wirkung« nicht nur Östrogene zu verstehen; hierher gehören auch Thyreostatika (Stoffe, die die Tätigkeit der Schilddrüse hemmen), Psychopharmaka (Stoffe, mit denen Schlachttiere ruhiggestellt werden können), Antibiotika, Tierarzneimittel und Futtermittelzusatzstoffe. Alle diese Stoffe haben wegen ihrer Bedeutung auch für die Gesundheit des Menschen die besondere Aufmerksamkeit des Gesetzgebers gefunden, ein ganzer Paragraph (§ 15) des Lebensmittelgesetzes und die auf diesen Paragraphen gestützte *Verordnung über Stoffe mit pharmakologischer Wirkung* befassen sich mit ihnen. Nach diesen Rechtsvorschriften ist jegliche Anwendung von synthetischen Östrogenen, von Thyreostatika und von Psychopharmaka bei Nutztieren verboten. Gewisse Ausnahmen gibt es bei bestimmten östrogenen Stoffen zur Anwendung bei geschlechtsreifen Tieren, um Fortpflanzungsvorgänge zu beeinflussen.

Tierarzneimittel, die den Tieren entweder direkt oder als Zusatz zu Futtermitteln zur Bekämpfung von Krankheiten oder auch vorbeugend verabreicht werden, müssen nach den Vorschriften des Arzneimittelgesetzes vom Bundesgesundheitsamt zugelassen werden. Dabei werden wissenschaftlich begründete Wartezeiten festgesetzt; das sind Zeiträume, die zwischen der Anwendung des Arzneimittels und der Verwertung der Tiere oder ihrer Erzeugnisse (Milch, Eier) vergehen müssen. Das gleiche gilt für *Futtermittelzusatzstoffe*, die, wie auch die Tierarzneimittel, zunächst eine allgemeine Zulassung für ihre Verwendung benötigen. Durch diese Wartezeiten wird sichergestellt, daß praktisch keine Rückstände in den Lebensmitteln tierischer Herkunft verbleiben. Aus diesem Grunde gibt es auch hier keine Rechtsvorschriften über Höchstmengen für Rückstände, wie wir sie für die Pflanzenschutzmittel schon kennengelernt haben. Einen vollständigen Schutz gegen illegale Praktiken kann es hier natürlich genau so wenig geben wie in anderen Lebensbereichen. Wie der Ernährungsbericht 1984 ausweist, sind aber diese illegalen Handlungen durch eine Verschärfung der Überwachung und durch hochempfindliche Analysenverfahren in den letzten Jahren erheblich zurückgedrängt worden. Die schon mehrfach genannten synthetischen Östrogene, vor allem ihr Hauptvertreter, das Diäthylstilböstrol (DES), können heute schon in einer Menge von wenigen Picogramm erfaßt werden (1 Picogramm verhält sich zu 1 Kilogramm wie 1/1000 Millimeter zu 1 Million Kilometern). Eine weitere Verbesserung der Überwachung und damit verbunden eine weitere Abnahme des immer noch gelegentlich festgestellten Vorkommens von Tierarzneimittel- oder Futtermittelzusatzstoff-Rückständen in Lebensmitteln kann von der jetzt geschaffenen Möglichkeit zur Kontrolle am Ort des Geschehens, also im Tierstall, erwartet werden. Die größten Probleme bestehen hier übrigens bei den Hühnereiern, wo bei der heute üblichen Massenhaltung von Legehennen die amtlich festgelegten Wartezeiten wegen technischer und wirtschaftlicher Schwierigkeiten nicht immer eingehalten werden.

Die Massenhaltung von Legehennen in Käfigen wirft aber auch noch andere Fragen im Bereich des Tier- und Umweltschutzes auf, so daß die Prognose gewagt werden soll, diese industrialisierte Eierproduktion werde an Bedeutung verlieren; vorausgesetzt allerdings, die Verbraucher verhalten sich am Markt entsprechend und sind bereit, für Eier aus anderen Produktionsformen höhere Preise zu zahlen.

4. Rückstände in der Muttermilch

Anfang der siebziger Jahre gab es die ersten Meldungen darüber, daß in der Muttermilch die schon erwähnten *Organohalogenverbindungen* (DDT), *Hexachlorbenzol* (HCB) und *Hexachlorcyclohexan* (HCH) sowie *polychlorierte Biphenyle* (PCB) in Mengen vorkommen, wie sie bei keinem anderen Lebensmittel festgestellt werden. Diese Meldungen trafen zu. Sie wurden in allen späteren bis heute andauernden Untersuchungen zu diesem

Thema in der Größenordnung bestätigt. Jeder, auch wer Horrormeldungen und Panikmache ganz abgeneigt ist, mußte und muß das ganz scheußlich finden. Zu Recht hatte die Deutsche Forschungsgemeinschaft verkündet:

> »Die Frauenmilch ist die von der Natur präformierte erste und eine Zeitlang ausschließliche Nahrung für den menschlichen Säugling und in dieser Lebensphase jeder anderen Nahrung überlegen.«

Und dann das: DDT und HCB und HCH und PCB in der Muttermilch. Wie ist es dazu gekommen? Bei diesen schon mehrfach erwähnten Organohalogen-Verbindungen handelt es sich um organisch-chemische Verbindungen – meist in einer oder mehreren Ringstrukturen –, bei denen einzelne oder mehrere Wasserstoffatome durch Halogene – meistens durch Chloratome – ersetzt sind. Drei Formeln mögen dies erläutern:

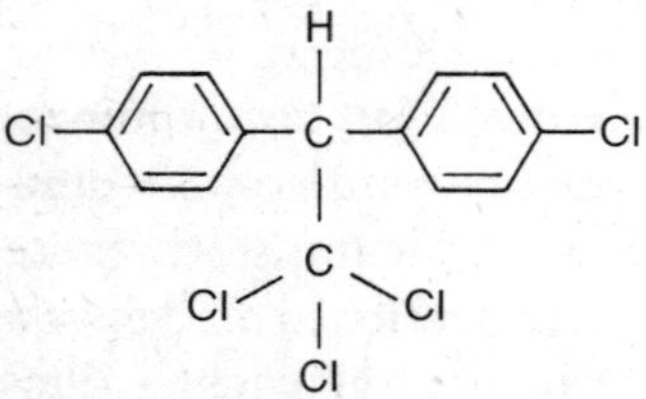

Dichlordiphenyltrichloräthan
= DDT

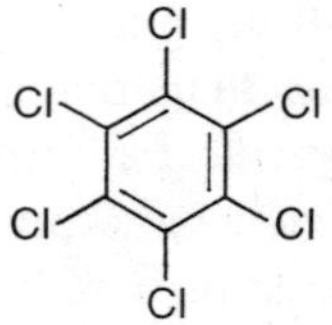

Hexachlorbenzol
= HCB

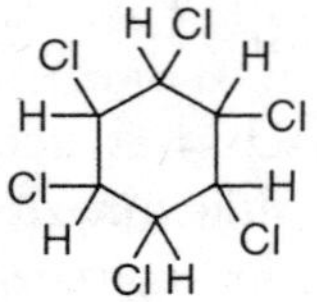

Hexachlorcyclohexan
= HCH

Auf die polychlorierten Biphenyle wird in einem späteren Abschnitt eingegangen werden.

Die insektiziden = insektentötenden Wirkungen von DDT, HCB und HCH wurden meist in den 30er Jahren unseres Jahrhunderts entdeckt; die des DDT z. B. 1938 von *Paul Müller*, der dafür 1948 den Nobelpreis erhielt. Nach dem Zweiten Weltkrieg machten diese Stoffe große Karriere, durfte man doch hoffen, endlich dieser schrecklichen Nahrungskonkurrenten des Menschen – wie sie sich in den immer wiederkehrenden Heuschrekkenplagen besonders eindrucksvoll zeigten – Herr zu werden. Es gab auch großartige Erfolge; so wurde die durch Stechmücken übertragene Malaria, eine oft tödlich verlaufende Infektionskrankheit, mit Hilfe von DDT fast völlig ausgerottet. Jetzt, nachdem DDt weltweit verpönt ist, kehrt sie langsam wieder. Männer, die 1945 in amerikanische Kriegsgefangenschaft gerieten, werden sich noch lebhaft der weißen DDT-Wolken erinnern, in die »PoW's« zwecks Läusebekämpfung eingehüllt wurden. Auch hier trat die Kehrseite der Medaille bald zutage: Die so hilfreichen Stoffe wirkten auch auf nützliche Organismen schädlich, z. B. Singvögel. Viele der zu bekämpfenden Schädlinge entwikkelten Resistenzmechanismen gegen die neuen Stoffe. Die Stoffe zeigten sich unter den Bedingungen der Natur als äußerst persistent, das heißt sie werden von den natürlichen Faktoren Sonne, Wind, Regen und Temperaturschwankungen nur sehr langsam abgebaut. So müssen wir noch heute mit DDT leben, obwohl es schon 1972 in der Bundesrepublik vollständig verboten wurde.

Das vom Menschen mit den Lebensmitteln aufgenommene DDT – auch die anderen Organohalogene – wird vom Organismus nur zum Teil wieder ausgeschieden oder im Stoffwechsel abgebaut, ein anderer Teil wird im menschlichen Fettgewebe gespeichert und damit sozusagen unschädlich gemacht – allerdings nur so lange, wie solche Fettdepots nicht mobilisiert werden. Dies ist aber der Fall z. B. bei Abmagerungskuren und auch beim Stillen. Das Milchfett wird aus dem Körperfett gebildet, und dabei werden auch die im Körperfett deponierten Organohalogene in das Milchfett übernommen; so kommen also diese Stoffe in die Muttermilch. Bemerkenswert ist noch, daß die DDT-Werte im menschlichen Körperfett und damit auch in der Muttermilch große Unterschiede zwischen verschiedenen Völkern zeigen. In Ländern, in denen DDT und andere Organohalogene viel länger und viel großzügiger verwendet wurden, z. B. in USA, Indien, Polen, Israel, sind diese Werte erheblich höher als etwa in Dänemark, Australien und der

Bundesrepublik. Diese Tatsache war in den 60er Jahren Grundlage eines makabren Witzes: Danach hätte der Häuptling des letzten Südseestammes, der noch dem Kannibalismus oblag, eine lebensmittelrechtliche Vorschrift des Inhaltes erlassen, daß Amerikaner wegen ihres hohen DDT-Gehaltes nicht mehr verzehrt werden dürften.

In der Bundesrepublik Deutschland können wir seit Beginn der Messungen Anfang der 70er Jahre einen Rückgang an Organohalogen-Werte in der Muttermilch feststellen, ein sichtbarer Erfolg des DDT-Verbotes und der Nichtzulassung anderer organohalogen-haltiger Pflanzenschutzmittel. 1975 bis 1980 sind die Werte auf etwa die Hälfte zurückgegangen. Es ist sicher, daß dieser Trend sich seither fortgesetzt hat und sich weiter fortsetzen wird.

Dessen ungeachtet wurde diese Frage in den letzten Jahren oft und heftig diskutiert. Nicht immer waren die vorgebrachten Argumente von fundierter Sachkenntnis getragen, aber das ist auch kein Wunder bei einem Thema, das wie wenige Emotionen aufwühlen kann. Halten wir uns also am besten an die Aussagen von unabhängigen Fachleuten, die von der Sache etwas verstehen. Die von der Deutschen Forschungsgemeinschaft eingesetzte *Senatskommission zur Prüfung von Rückständen in Lebensmitteln* hat sich in den letzten Jahren wiederholt mit dieser Frage befaßt. In ihrer letzten Mitteilung vom Sommer 1984 kommt sie – wie schon früher – zu einem Ergebnis, das auch von der »Deutschen Gesellschaft für Kinderheilkunde« und von der »Europäischen Gesellschaft für Kinderernährung (ESPGAN)« getragen wird, nämlich daß der Nutzen des Stillens für die Entwicklung des Kindes höher einzuschätzen ist als ein möglicherweise vorhandenes Risiko der Rückstände in der Frauenmilch. Deshalb sollte die Mutter vier Monate lang voll stillen, danach allmählich auf andere Säuglingsernährung übergehen. Auf alle Fälle sollte die stillende Mutter die Risiken, auf die sie selbst Einfluß nehmen kann, vermeiden, nämlich Alkoholgenuß, Tabakrauchen und unnötige Einnahme von Arzneimitteln.

Nachzutragen zum Thema Muttermilch ist noch, daß im Fernsehen Anfang 1984 eine Horrormeldung verbreitet wurde, wonach das »Sevesogift« 2.3.7.8-Tetrachlordibenzdioxin in Muttermilch nachgewiesen worden sei. Das sogenannte »Sevesogift« wird in den Massenmedien häufig vereinfacht und damit verfälscht als Dioxin bezeichnet. Die Dioxine sind eine chemische Stoffklasse, zu der viele hundert verschiedene Verbindungen gehören; nach dem, was man heute weiß, erreicht keine dieser Verbindungen die extrem hohe Giftigkeit des »Sevesogiftes«, das man abgekürzt besser als 2.3.7.8-TCDD bezeichnen sollte.

Die Meldung des Fernsehens ging auf Untersuchungen eines schwedischen Wissenschaftlers zurück, der in sechs Proben Muttermilch aus der Bundesrepublik zwar Dioxine, aber nicht das »Sevesogift« gefunden hatte. Er fand mit seinen hochempfindlichen Analyseverfahren auch noch Spuren einer anderen Stoffgruppe in der Muttermilch und auch im menschlichen Körperfett, nämlich polychlorierte Furane. Die bereits erwähnten und zitierten wissenschaftlichen Institutionen, die sich schon mehrfach mit der Frage der Rückstände in Muttermilch befaßt haben, erklärten zu den Fernsehmeldungen nach Rücksprache mit dem schwedischen Wissenschaftler u. a., daß dessen Befunde keine akute Dramatisierung der allgemeinen Umweltbelastung rechtfertigen und daß die Empfehlungen für das Stillen aufrechterhalten würden. Um die Menge der in Schweden gefundenen Dioxine und Furane in der Muttermilch zu veranschaulichen: Die Werte lagen zwischen 0,03 und 2,9 Nanogramm in 1 Liter Milch, dem wir zur Vereinfachung das Gewicht von 1 kg zuschreiben wollen. Das Verhältnis von 1 Nanogramm zu 1 Kilogramm entspricht dem von 1 Millimeter zu 1 Million Kilometer. Anstatt hieraus Horrormeldungen zu fabrizieren, sollte man lieber diese analytischen Möglichkeiten bewundern oder meinetwegen auch bezweifeln.

5. Kontaminanten in Lebensmitteln

Kontaminanten sind – das wurde schon erläutert – Stoffe, die durch menschliche Tätigkeiten in die Umwelt und auf diesem Wege in Lebensmittel gelangen. Zwei große Gruppen sind bei den Kontaminanten zu unterscheiden: *Stoffe natürlicher Herkunft,* wie die Schwermetalle und Nitrat, und *synthetische Stoffe,* wie Organohalogenverbindungen. Hier sei gleich eingefügt, daß die Annahme falsch ist, natürliche Stoffe seien für die Menschen prinzipiell besser als synthetische. Es gibt in der Natur für den Menschen extrem giftige Stoffe, und die meisten der synthetischen Stoffe sind harmlos.

5 a) Schwermetalle

Betrachten wir zunächst das Problem der *Schwermetalle* und wählen dazu die drei am häufigsten diskutierten aus: *Blei, Cadmium* und *Quecksilber.* Diese drei Schwermetalle sind, wie alle anderen Elemente auch, natürliche Bestandteile der Erdrinde. Wenn sie nun durch unsere heutige technische Entwicklung zu einem Problem der menschlichen Gesundheit geworden sind, so liegt das am Menschen selber, der durch seine verschiedenen Aktivitäten eine anthropogene Umverteilung dieser Elemente vornimmt. Damit soll aber nicht gesagt werden, daß diese Schwermetalle von Natur aus in einer so weisen Art gleichmäßig über den Erdball verteilt sind, daß sie den Menschen nicht gesundheitlich beeinflussen können. Weit gefehlt! So gibt es beispielsweise in der Bundesrepublik Deutschland Gebiete, etwa am Harz oder in der Eifel, mit wesentlich erhöhtem Bleigehalt im Erdreich – nämlich in der Nähe von Bleierzlagerstätten – und damit auch im Wasser, in den Nahrungs- und Futterpflanzen und in der Nahrung des Menschen dieser Gebiete. Cadmium kommt z. B. in natürlichen Phosphatlagerstätten erheblich angereichert vor, und der Quecksilbergehalt von Luft, Boden und Nahrung in der Nähe aktiver Vulkane, also z. B. beim Vesuv oder Ätna, ist etwa 10 mal höher als sonst.

Beginnen wir mit dem *Blei,* dem Metall, das wegen seiner vorteilhaften Eigenschaften schon in der Antike gern verwendet wurde. Bleierze lassen sich relativ leicht verhütten, das metallische Blei selbst ist gegen chemische Einflüsse recht beständig, schon kalt verformbar und schmilzt bei 327 °Celsius. Die Römer haben in ihrem technischen Erfindungsreichtum bald Blei als wertvollen Rohstoff für Wasserleitungen erkannt. Noch heute kann man in Herculaneum sehen, wie die Häuser dieser 79 nach Chr. im Vesuvschlamm untergegangenen Stadt, die ursprünglich individuelle Brunnen hatten, später eine zentrale Wasserversorgung mit Bleirohren erhielten.

Die schon von Natur aus ungleiche Verteilung von Blei wird vom Menschen weiter verstärkt: In der Nähe von Bleierzvorkommen entsteht eine zusätzliche Bleibelastung der Umwelt durch Abraumhalden der Bergwerke und durch Abfälle und Abrauche der Bleihütten. Auch die Herstellung von Batterien, die Aufarbeitung von Altbatterien und die Verbrennung fossiler Energieträger, wie Öl und Kohle, in Heiz- und Kraftwerksanlagen entläßt Blei in die Umwelt. Diese Kontaminationsmöglichkeiten sind durch in den letzten Jahren verschärfte Abluftbestimmungen vermindert worden. Dies gilt auch für die größte Kontaminationsquelle für Blei: die Abgase von Benzin-Verbrennungsmotoren. Durch das Benzin-Blei-Gesetz ist 1971 der Bleigehalt von Autobenzin auf 0,4 g/l und ab 1976 auf 0,15 g/l begrenzt worden, übrigens gegen den wütenden Widerstand eines großen Teiles der öffentlichen Meinung, die den Untergang des Lieblingskindes unserer Zeit, des Automobils, kommen sah. Blei wird dem Benzin als organische Verbindung, nämlich als Tetraäthylblei zugesetzt und hat dort die Wirkung eines Antiklopfmittels. Damit die beim Verbrennungsvorgang im Motor entstehenden Bleioxide sich nicht etwa im Motor oder im Auspuff niederschlagen und so nur den Verursacher schädigen, setzt man dem Benzin noch kleine Mengen bestimmter Bromverbindungen zu, mit deren Hilfe dann das Blei der Allgemeinheit und der Umwelt überantwortet werden kann. Das Ergebnis dieses Vorgehens ist in vielen Untersuchungen an neben Autostraßen wachsenden Nahrungs- und Futterpflanzen gefunden und bestätigt worden. Der Bleigehalt auf Pflanzen direkt neben der Straße ist oft zwei bis drei mal höher als auf Pflanzen, die 100 m neben der Straße wachsen. Besonders deutlich wird dieses Phänomen an Pflanzen und Früchten mit stark strukturierter Oberfläche, also z. B. Grünkohl, Spinat, Pfirsiche, während bei Wurzelgemüsen und bei glatten Früchten ohne Wachsschicht, wie Tomaten, der Bleistaub abrieselt.

Blei ist in allen unseren Lebensmitteln als Spurenelement vorhanden. Wieviel von den gefundenen Mengen von Natur aus enthalten und welcher Anteil auf die Umweltverschmutzung zurückzuführen ist, läßt sich durch die chemische Analyse nicht feststellen – bis jetzt jedenfalls nicht. Generell und damit vereinfachend kann man sagen, daß in pflanzlichen Lebensmitteln höhere Bleimengen gefunden werden – vor allem in Blattgemüsen – als in Lebensmitteln tierischer Herkunft, von denen wiederum Leber und Nieren die höchsten Werte aufweisen.

Im Trinkwasser spielt Blei keine Rolle mehr, aber bis 1930 gab es gelegentlich in Neubauten durch fabrikneue Blei-Wasserleitungsrohre und bei bestimmten Voraussetzungen der Wasserzusammensetzung Bleivergiftungen. Die schöne Geschichte, nach der das Römische Imperium wegen der schleichenden Bleivergiftung und der damit verbundenen Intelligenzverminderung der Bewohner untergegangen sein soll, ist allerdings zu einfach, um wahr sein zu können. In toxikologischer Hinsicht spielt Blei für den heutigen Durchschnittsverbraucher keine besonders wichtige Rolle. Die UN-Organisationen für Ernährung und Landwirtschaft (FAO) und für Gesundheit (WHO) sind nach langen Beratungen vieler Experten zu dem Ergebnis gekommen, daß der Mensch, ohne gesundheitliche Schäden befürchten zu müssen, nach dem heutigen Stand der Kenntnisse sein Leben lang in der Woche 3 mg Blei aufnehmen kann. Die tatsächliche Belastung des heutigen Bürgers dürfte je nach örtlichen Gegebenheiten und persönlichen Lebensumständen zwischen 1 und 1,5 mg in der Woche liegen.

Bei *Cadmium* liegen die Dinge in vieler Hinsicht anders als bei Blei. Es kommt in der Erdkruste viel seltener vor als Blei, meistens in Zinkerzen, da es mit Zink chemisch nahe verwandt ist. Sein Vorkommen als natürliches Element, also auch in Lebensmitteln, ist normal und selbstverständlich. Aber auch hier kommt zu der natürlichen Verteilung eine zusätzliche Umweltkontamination, die der Mensch durch die Nutzung von Cadmium für seine Bedürfnisse verursacht. So haben bestimmte Cadmiumverbindungen hervorragende Eigenschaften als Farbpigmente in Gelb-, Orange- und Rottönen, andere werden in der Galvanotechnik, für Batterien (NC-Zellen = Nickel-Cadmium) und als Kunststoff-Stabilisatoren verwendet. Bei diesen Produktionen gelangt Cadmium durch Abfälle, Staub und Abwässer in die Umwelt, zusätzlich trägt jede Verbrennung von Kohle und Öl in Heizungs- und Kraftwerksanlagen und auch in Motoren zur Cadmiumbelastung der Umwelt bei.

Allgemeines öffentliches Interesse hat Cadmium durch die Itai-Itai-Krankheit gefunden. In der Nähe der japanischen Stadt Fuchu wurden 1946 in größerem Umfang Krankheitssymptome beobachtet, die in dieser Kombination nicht bekannt waren: rheumatische Beschwerden, Knochendeformationen, Abbau der Dünndarmschleimhaut, starke Schmerzen. Es dauerte 22 Jahre bis zur vollständigen Aufklärung: Die erkrankten Menschen bewässerten ihre Gärten und Äcker mit Wasser aus einem Fluß, an dem oberhalb der Entnahmestelle eine Zinkhütte tätig war. Abwässer dieser Hütte und Regenwasserabspülungen von Schlackenhalden brachten Cadmium in den Fluß, das mit der Bewässerung in den Boden und damit in die Nahrungspflanzen gelangte. Die schrecklichen Folgen dieser Vergiftung sind allerdings nicht allein dem Cadmium zuzuschreiben, sondern sie erreichten das Ausmaß erst durch zusätzliche erhebliche Unterernährung und durch starken Calcium-Mangel der betroffenen Menschen.

Man kann aus diesem Beispiel lernen, daß Cadmium nicht wie das Blei mit Staub auf die Pflanzen gelangt und deshalb durch den Regen und auch durch Waschen weitgehend wieder entfernt wird; Cadmium gelangt über den Boden und die Wurzeln in die Pflanzen.

Unter normalen Umweltbedingungen ist der Cadmiumgehalt unserer Lebensmittel pflanzlicher und tierischer Herkunft sehr gering, er bewegt sich in den Bereichen von 0,001 bis 0,1 mg in einem Kilogramm. Es gibt allerdings zwei Gruppen von Lebensmitteln, die hier Ausnahmen darstellen: wild wachsende Pilze, vor allem wild wachsende Champignons (nicht aber Kultur-Champignons), die bis zu 4 mg/kg und Nieren von Schweinen, Rind und Kalb, die bis zu 10 mg/kg Cadmium enthalten können. Obwohl wild wachsende Champignons und Nieren nicht gerade zur Alltagsnahrung bei uns gehören, und obwohl die Resorption (die Aufnahme aus dem Darm in den Organismus) von in der Nahrung enthaltenem Cadmium nur einige Prozent beträgt, muß insgesamt dem Cadmium in toxikologischer Hinsicht mehr Aufmerksamkeit als etwa dem Blei gewidmet werden. Nicht von ungefähr haben von allen Lebensmitteln tierischer Herkunft die Nieren unserer Schlachttiere die höchsten Werte. Auch beim Menschen reichert sich Cadmium vor allem in den Nieren an und kann dort bei höheren Konzentrationen, die aber bei durchschnittlicher Ernährung nicht zu erwarten sind, Schäden auslösen.

Die schon erwähnten UN-Organisationen FAO und WHO halten eine wöchentliche Zufuhr von 0,5 mg Cadmium auf die Dauer für unschädlich, die derzeitige tatsächliche Aufnahme dürfte bei 0,2–0,4 mg je Woche liegen. Gesundheitsschäden sind also derzeit nicht zu befürchten, zumal die FAO/WHO noch einen Sicherheitsfaktor von 1:10 eingerechnet haben. Wer allerdings raucht, vor allem wer täglich Zigaretten raucht und inhaliert, fügt sich freiwillig zusätzliche Belastungen zu. Denn das in der Tabakpflanze enthaltene Cadmium geht beim Verglühen weitgehend in den Rauch und damit in die Lunge über und wird dort zu erheblich höheren Anteilen resorbiert als Cadmium aus der Nahrung. Starke Zigarettenraucher nehmen freiwillig etwa doppelt soviel Cadmium in ihren Körper auf wie Nichtraucher.

Wieder ganz andere Verhältnisse finden wir beim *Quecksilber*, das wegen seiner extraordinären Eigenschaften – es ist das einzige bei normaler Temperatur flüssige Metall auf Erden – schon die mittelalterlichen Alchemisten faszinierte. Da es schon bei 357 °Celsius in Dampfform übergeht, hat es auch bei normalen Verhältnissen eine relativ hohe Verdunstungsgeschwindigkeit. Da Quecksilber außer als Zinnober (Quecksilbersulfid) auch gediegen als Metall in der Natur vorkommt, hat es sich wegen dieser Eigenschaft über die ganze Erde in Luft, Wasser und Boden verbreitet und kommt auch in allen Nahrungsgütern von Natur aus vor; dies hatte der deutsche Chemiker Stock schon in den dreißiger Jahren festgestellt. Das zusätzlich durch Umweltkontaminationen verbreitete Quecksilber hat verschiedene Quellen: die industrielle Nutzung des Metalls als Elektrode und Katalysator, Quecksilberverbindungen als Saatgutbeizmittel (heute nicht mehr zugelassen), Quecksilberbatterien (Knopfzellen), mit Quecksilber gefüllte Meßgeräte, Amalgam für Zahnfüllungen und auch hier wieder die Verbrennung fossiler Energieträger (Öl und Kohle), die vor allem bei Großkraftwerken zu einer deutlichen Quecksilberbelastung der Umgebung führt.

Quecksilber, vor allem in der Form organischer Verbindungen, gehört zu den Umweltkontaminanten mit der höchsten Toxizität. Ihm sind bei mehreren Gelegenheiten schon viele Menschen zum Opfer gefallen; so mehrere Tausend in Entwicklungsländern, die in den 50er und 60er Jahren mit Quecksilberverbindungen gebeiztes Saatgetreide verzehrt hatten. Der schlimmste Fall einer durch Quecksilber-Emissionen ausgelösten Vergiftung ereignete sich Ende der fünfziger Jahre in Japan, als unter den an der Minamata-Bucht lebenden Fischerfamilien schwere Erkrankungen mit insgesamt 41 Toten auftraten und viele Neugeborene mit schrecklichen Mißbildungen zur Welt kamen. Die langwierigen Nachforschungen ergaben, daß eine chemische Fabrik, die im Lande an dem in die Bucht mündenden Fluß lag, über lange Zeit hindurch quecksilberhaltige Abwässer einleitete. Die in der Bucht lebenden Fische reicherten das Metall an und die diese Fische verzehrenden Menschen ebenfalls. In den Organen der Gestorbenen wurden bis zu 150 mal mehr Quecksilber gefunden als in solchen von gesunden Menschen.

Dieser Minamata-Fall gab Anlaß zu zahlreichen Forschungsarbeiten, bei denen man schließlich dem Problem »Quecksilber und die aquatische Nahrungskette« auf die Spur kam. Das von Natur aus in Meereswasser enthaltene Quecksilber (etwa 0,1 mg in 1000 Litern; das sind für alle Weltmeere zusammengerechnet immerhin etwa 80–100 Millionen t Quecksilber) wird mit dem Wasser von den kleinsten Organismen aufgenommen und stufenweise weitergereicht. Im Meereswasser ist der natürliche Grundsatz, nach dem die Größeren die Kleineren fressen, besonders deutlich ausgeprägt. So frißt jedes Tier, das ein kleineres frißt, dessen Quecksilber mit und speichert einen Teil davon vor allem in seinen fetthaltigen Organen, wobei die zunächst anorganische Bindung des Quecksilbers in eine organische umgewandelt wird. So kommt es am Schluß dieser aquatischen Nahrungskette – bei unseren Speisefischen noch ausgeprägter als bei den Raubfischen – zu einer Anreicherung des Quecksilbers. Von 0,1 mg Quecksilber in überwiegend anorganischer Bindung, die in 1000 kg Meereswasser enthalten sind, steigt die Konzentration auf bis zu 1 mg Quecksilber überwiegend organischer Bindung in 1 kg Fisch, das ist eine 10 000-fache Anreicherung. Es handelt sich also um einen natürlichen Vorgang, der bei Mitwirkung des Menschen noch erheblich verstärkt werden kann, etwa bei Süßwasserfischen in verschmutzten Flußläufen oder bei Seefischen in den Mündungsgebieten verschmutzter Flüsse, im extremen Fall: Minamata, siehe oben. Von der heutigen Quecksilberbelastung des durchschnittlichen Verbrauchers mit etwa vier bis fünf kg Fischverzehr im Jahr stammt etwa die Hälfte aus diesem Fisch. Von den sonstigen Lebensmitteln tierischer Herkunft spielt für eine Quecksilberzufuhr lediglich Leber eine Rolle. Extrem hohe Quecksilberwerte bis zu 11 mg/kg wurden in Lebern wildlebender Hasen gefunden, weshalb das Bundesgesundheitsamt von deren Verzehr abgeraten hat. Bei pflanzlichen Lebensmitteln kann der Quecksilbergehalt vernachlässigt werden, mit Ausnahme wiederum von wildwachsenden Pilzen, insbesondere Champignons. Diese haben – auch wenn sie weit entfernt von jeglichem menschlichen Einfluß wachsen – Quecksilberwerte, die um ein Vielfaches über denen anderer Nahrungspflanzen liegen und bis zu 3 mg/kg erreichen können. Die biologischen Gründe für das absonderliche Verhalten wildwachsender Pilze gegenüber Cadmium und Quecksilber ist noch nicht genau erforscht.

Was die unter gesundheitlichen Gesichtspunkten mit Anwendung eines Sicherheitsfaktors bei dauernder Zufuhr duldbare Menge angeht, so haben sich die Experten von FAO und WHO auf 0,3 mg pro Woche geeinigt, davon sollen aber nur 0,2 mg in organischer Bindung wie im Fisch vorliegen. Die tatsächliche Zufuhr dürfte bei normaler Ernährung zwischen 0,05 und 0,1 mg Quecksilber in der Woche liegen.

Die vorstehenden Ausführungen über die Schwermetalle als Umweltkontaminanten sollten aufzeigen, daß gesundheitliche Gefahren zur Zeit unter normalen, durchschnittlichen Lebensbedingungen nicht bestehen. Die staatliche Gesundheitspolitik hat deshalb aus wissenschaftlichen und juristischen Gründen rechtsverbindliche Höchstmengen-Festsetzungen bisher nur in wenigen Fällen erlassen, so für Fisch und Fischerzeugnisse von 1 mg Quecksilber je kg und für Trinkwasser und Wein, bei denen bestimmte Höchstmengen an Blei und Cadmium nicht überschritten werden dürfen. Für die wichtigsten anderen Lebensmittel hat das Bundesgesundheitsamt schon 1979 sogenannte Richtwerte bekanntgegeben, die zwar nicht rechtsverbindlich sind, aber bei der rechtlichen Beurteilung von Lebensmitteln herangezogen werden können.

5 b) Organohalogene

Die Stoffgruppe der *Organohalogen-Verbindungen* spielt ihre Hauptrolle, was ihr Vorkommen in Lebensmitteln anlangt, im Bereich der Pflanzenschutzmittelrückstände. Dort sind uns die wichtigsten Stoffe schon begegnet: *DDT, Hexachlorbenzol (HCB),*

Hexachlorcyclohexan (HCH). Bei der allgemeinen Umweltverschmutzung unserer Zeit haben andere Organohalogene auch eine große Bedeutung, nämlich die flüssigen und gasförmigen, die in großem Umfang als Sprühdosentreibgase, Anstrichfarben-Lösungsmittel, Mittel zur chemischen Reinigung und Fleckentfernung usw. verwendet werden. Bei diesen Verwendungen werden die genannten Stoffe noch immer ziemlich bedenkenlos in die Umwelt entlassen. Das werden wir uns aber auf die Dauer nicht mehr leisten können, auch wenn diese Verbindungen für die menschliche Ernährung keine Rolle spielen. Auf eine Stoffgruppe muß allerdings in diesem Zusammenhang doch noch hingewiesen werden, nämlich auf die *polychlorierten Biphenyle (PCB).*

In der chemischen Grundstruktur handelt es sich um den Stoff, der uns als Schimmelverhütungsmittel bei Zitrusfrüchten schon lange geläufig ist. »Mit Diphenyl, Schale nicht zum Verzehr geeignet« hat jeder schon einmal gelesen. Allerdings ist es in der letzten Zeit etwas aus der Mode gekommen, weil man inzwischen bessere Stoffe entwickelt hat. Dieses Diphenyl (oder synonym Biphenyl) wird nun mit Chlor behandelt, es entsteht dabei ein Gemisch von chlorierten Biphenylen, deren durchschnittlicher Chlorgehalt zwischen 21 und 68 % liegen kann. Diese ab etwa 1930 in der Technik verwendeten Substanzen haben, vor allem die PCB mit den höheren Chlorgehalten, eine Reihe technisch sehr wertvoller Eigenschaften: Unbrennbarkeit, sehr geringe Flüchtigkeit, hohe Stabilität gegen chemische Einflüsse, Druck und Wärme, dabei sehr gute Wärmeleitfähigkeit, sehr geringe elektrische Leitfähigkeit. Es ist leicht zu verstehen, daß Stoffe mit solchen Eigenschaften vielseitige Verwendung gefunden haben, nämlich in sogenannten offenen Systemen als Kunststoff-Weichmacher, für Druckfarben, Anstrichmittel und Durchschreibepapier usw. Offene Systeme deshalb, weil die PCB bei dieser Verwendung offen mit der Umwelt in Kontakt sind. Weitaus größeren Umfang hat die PCB-Verwendung aber in geschlossenen Systemen, hauptsächlich in Transformatoren, Kondensatoren und als Hydrauliköl vor allem in Bergwerken.

Durch einen wiederum in Japan erfolgten Unglücksfall im Jahre 1968 wurden Wissenschaft und Öffentlichkeit auf die Problematik der PCB aufmerksam: In einer Reisölfabrik war durch ein Leck in einem PCB enthaltenden Wärmeaustauscher PCB in Reisöl gelangt, was bei etwa 1000 Konsumenten verschiedene Krankheitssymptome auslöste und zu Mißbildungen bei Neugeborenen führte. Heute weiß man, daß diese Gesundheitsschäden im wesentlichen nicht von den PCB selbst, sondern von chemischen Verunreinigungen aus der PCB-Produktion verursacht wurden. Die umfangreichen Forschungsarbeiten, die sich diesem Fall angeschlossen haben, führten zu dem Ergebnis, daß PCB in der gesamten belebten Natur der Erde von den Eisbären in der Arktis bis zu den Pinguinen in der Antarktis verbreitet ist. Ja, man schätzt sogar, daß fast die gesamte seit 1930 produzierte Menge von etwa 1 Million t noch vorhanden ist, sei es in der Natur verteilt, sei es in noch bestehenden geschlossenen Systemen. Wenn diese erschreckende Folge menschlichen Erfindungsreichtums keine wesentlichen Umwelt- und Gesundheitsschäden ausgelöst hat, so ist das wiederum darauf zurückzuführen, daß eine so nützliche Eigenschaft der PCB, wie ihre hohe Stabilität gegen chemische Veränderungen, sich auch in der Natur günstig auswirkt: Sie sind in biologischen Systemen außerordentlich träge, deshalb werden sie nur sehr langsam abgebaut, und deshalb sind sie auch nur wenig toxisch.

Dennoch hat man Konsequenzen gezogen: Die offene Verwendung von PCB ist in der Bundesrepublik Deutschland seit 1972, in der EG seit 1976 eingestellt. Für die geschlossene Verwendung ist die weltweite Produktion stark rückläufig. Ersatzmaterialien sind entwickelt worden, so daß kürzlich der letzte deutsche Hersteller seine PCB-Produktion eingestellt hat.

Nach dem vorstehend Gesagten kann niemand Zweifel daran haben, daß PCB auch in allen Lebensmitteln vorkommen, in pflanzlichen allerdings so wenig, daß sie auch mit den modernen Methoden kaum noch erfaßt werden können. In Lebensmitteln tierischer Herkunft – und zwar in deren Fettanteilen –

sind PCB in Mengen von 0,2 bis 0,3 mg/kg enthalten, erheblich höhere Werte in fetten Seefischen, weil auch hier die schon beim Quecksilber erwähnte aquatische Nahrungskette ihre Wirkung ausübt. Im Körperfett des Menschen und damit im Fett der Muttermilch hat man die höchsten Werte gefunden, nämlich zwischen 1 und 4 mg/kg; biologisch verständlich und toxikologisch nicht besonders aufregend, psychologisch und politisch aber schrecklich.

In den USA wurden vor einigen Jahren PCB-Höchstwerte für einige Lebensmittel tierischer Herkunft festgelegt; sie liegen etwa 10 mal höher als die bei uns tatsächlich gefundenen. Auch in der Bundesrepublik wird man in absehbarer Zeit solche Höchstwerte durch Rechtsverordnung festlegen, auch wenn keine PCB mehr produziert und verwendet werden. In unserer Umwelt und in unserer Nahrung werden sie uns noch in das nächste Jahrtausend begleiten. Das ist keine sehr erhebende Feststellung, aber es ist auch kein Anlaß für irgendwelche Panik, denn die nach heutiger Kenntnis auf Dauer duldbare Wochenzufuhr von etwa 0,5 mg pro Person wird zur Zeit nicht einmal zur Hälfte erreicht.

5 c) Nitrat

Nitrate sind Salze der Salpetersäure (Kalium- und Natriumnitrat werden deshalb auch als Kali- und Natronsalpeter bezeichnet) und normale Bestandteile der belebten Natur. Sie entstehen bei jeder Art von Verrottung und Verwesung pflanzlicher und tierischer Substanz und sind deshalb in jedem Kompost- und Misthaufen enthalten, auch im biologisch-dynamischen. Mit jedem Regen werden Nitrate auf die Erde gespült, besonders viel bei Gewitterregen. Dies alles ist also völlig normal und bei sich selbst regulierenden natürlichen Systemen auch notwendig. Das Problem hat auch hier wieder der Mensch geschaffen, weil er absichtlich und unabsichtlich zusätzliche Nitrate in die Umwelt entläßt. Unabsichtlich bei jedem Feuer und Verbrennungsvorgang, denn hier werden nicht nur die brennbaren Stoffe verbrannt = oxidiert, sondern naturgesetzlich auch etwas vom für sich unbrennbaren Luftstickstoff.

Aus diesem Luftstickstoff, der ja rund 80 % unserer Atemluft ausmacht, entstehen durch Oxidation bei jedem Verbrennungsvorgang in Kraftwerks- und Heizkesseln, in Automotoren und auch sonst gasförmige Stickstoffoxide, die man zusammengefaßt auch als nitrose Gase bezeichnet und die in der Luft allmählich in Salpetersäure und in Nitrate übergehen. Wer schon mal an einer stark befahrenen Autostraße mit schlechter Luftzirkulation Halskratzen und Brennen in Augen und Nase empfunden hat, weiß nun, daß das von den nitrosen Gasen im Auspuff kommt. Auspuffkatalysatoren werden dieses Problem hoffentlich in absehbarer Zeit vermindern. Die absichtliche Verbringung von Nitrat in die Umwelt geschieht durch die Stickstoff-Düngung in Landwirtschaft und Gartenbau. Nun sind die Nitrate selbst in ihrer gesundheitlichen Wirkung auf den Menschen ähnlich wie andere normale Nahrungsbestandteile – etwa Kochsalz oder Phosphate – einzuschätzen, nämlich als relativ harmlos. Probleme können erst durch Umwandlungsprodukte der Nitrate entstehen. Zum Beispiel beim Verderb von Spinat, bei dem durch Bakterien das im Spinat enthaltene Nitrat zu dem sehr giftigen Nitrit (Salz der salpetrigen Säure) reduziert wird. Oder in unserer Mundhöhle, wo die dort natürlicherweise lebenden Bakterien einen kleinen Teil des in der Nahrung enthaltenen Nitrates ebenfalls in Nitrit umwandeln. Damit allein wird der Organismus bei den weiteren Verdauungsvorgängen leicht fertig, wenn unglücklicherweise nicht gerade bestimmte andere Nahrungsbestandteile, sogenannte Amine, zugegen sind, die in einer chemischen Reaktion im oberen Verdauungskanal (Mund, Speiseröhre, Magen) mit dem Nitrit neue chemische Verbindungen bilden. Hierbei handelt es sich um die sogenannten Nitrosamine, die im Tierversuch eine stark krebserregende Wirkung haben. Diese Nitrosamine können sich aber auch schon vorher in bestimmten Lebensmitteln bilden, in denen Nitrit und Amine vorkommen – vor allem bei erhöhten Temperaturen und langem Warmhalten – und das sind die gepökelten Fleischerzeugnisse.

Bis vor einigen Jahren wurden den Verbrauchern auch mit dem Bier Nitrosamine zugeführt, die durch bestimmte technische Umstände beim Darren des Malzes entstanden. Nachdem das erkannt worden war, ist der besagte technische Prozeß so verändert worden, daß keine Nitrosamine mehr entstehen. Der Nitritgehalt in Pökelerzeugnissen ist durch Verminderung des Nitritgehaltes von Nitritpökelsalz herabgesetzt worden, so daß sich auch die Nitrosaminbildung vermindert. Auch weiß man inzwischen, daß bestimmte Bestandteile unserer Lebensmittel, wie die Vitamine C und E, und der Zusatzstoff Schwefeldioxid die Nitrosaminbildung hemmen. Das alles können aber die Raucher vergessen, denn wer am Tage 20 Zigaretten raucht, nimmt mit dem Tabakrauch über die Lunge 20–30 mal mehr Nitrosamine auf, als ihn im Zusammenhang mit seiner Ernährung erreichen.

Es gibt bis heute keine sicheren Hinweise, daß Nitrosamine auch beim Menschen krebserregend wirken, aber wenn eine Stoffgruppe auch nur unter Verdacht steht, sollte man Vorsicht walten lassen. Deshalb ist der Nitritgehalt im Pökelsalz vermindert worden, deshalb ist von Landwirtschaft und Gartenbau Mäßigung in der Verwendung stickstoffhaltiger Düngemittel zu fordern, seien es nun mineralische oder organische (Mist und Gülle) Dünger. Dadurch soll dazu beigetragen werden, überhöhte Nitratgehalte im Trinkwasser zu verhindern und die schwer beeinflußbaren hohen Nitratgehalte in Pflanzen – wie Spinat, Kopfsalat, Rote Bete, Radieschen – so niedrig wie möglich zu halten.

Für Säuglings- und Kleinkindernahrung ist in der Verordnung über diätetische Lebensmittel der Nitratgehalt auf 250 mg/kg begrenzt worden; die Trinkwasser-Verordnung begrenzt den Nitratgehalt von Trinkwasser auf 90 mg je Liter. Um es abschließend zu wiederholen: Nitrat selbst ist nicht gesundheitlich bedenklich, aber wegen der Möglichkeit, daß sich daraus unerwünschte Stoffe wie Nitrit und Nitrosamine bilden, muß seine ungehemmte Verbreitung gebremst werden.

6. Wie giftig ist Gift?

Der Verfasser befürchtet, daß dem Leser, der ihm bis hierher geduldig gefolgt ist, nach der Lektüre der bisherigen Abschnitte dieses Kapitels doch gelinde Schauer wegen der »Chemie in der Nahrung« über den Rücken laufen. Deshalb sollen in diesem letzten Abschnitt einige allgemeine Ausführungen zum Thema »Chemie und Gift« gemacht werden.

Natürlich gibt es keine »Chemie in der Nahrung«, denn die Chemie ist eine wissenschaftliche Disziplin wie Physik, Mathematik, Astronomie, und sie kann als solche selbstverständlich nicht in der Nahrung vorkommen. Gemeint sind »Chemische Stoffe in der Nahrung«, aber auch der Begriff »Chemischer Stoff« ist eine Tautologie, denn jeder Stoff ist »chemisch«, es gibt keine anderen Stoffe. Und es gibt auch keinen natürlichen Lebensvorgang, auf welcher Stufe vom Einzeller bis zum Menschen auch immer, ohne wesentliche Mitwirkung biochemischer Reaktionen. Unsere Nahrung besteht aus Konglomeraten vieler verschiedener chemischer Stoffe, die außer bei der Muttermilch keineswegs für die Ernährung des Menschen vorgesehen sind. Es ist also einfältig und dumm, diese sloganhafte Terminologie aus der Boulevardpresse zu übernehmen, bei der blindlings Chemie synonym mit dem Begriff Gift verwendet wird.

Was aber ist Gift? Es ist unmöglich, bei dieser Frage an *Theophrastus Bombastus von Hohenheim* vorbeizugehen, jenen großen Revolutionär der mittelalterlichen Medizin, der, 1493 in Einsiedeln geboren, 1541 in Salzburg gestorben, sich den Humanistennamen Paracelsus zugelegt hatte. Er hat als erster seine Aussagen durch Experimente untermauert und kam zu der Erkenntnis, die durch die moderne Toxikologie ununterbrochen bestätigt wird, die aber viele Zeitgenossen nicht annehmen können oder wollen: *Alle Dinge sind Gift, und kein Ding ist ohne Gift; allein die Dosis macht es, daß ein Ding kein Gift sei.*

Wie wahr! Und durch wieviel Lebenserfahrungen so leicht zu bestätigen: 100 g Kochsalz täglich sind Gift, aber 1–2 g sind lebensnotwendig; eine Flasche Cognac angesetzt und ausgetrunken, läßt den Menschen möglicherweise tot zu Boden sinken, aber ein Gläschen Cognac ermuntert die Lebensgeister und fördert das Gespräch; zwei Liter Möhrensaft täglich können nach einiger Zeit zu Vitamin-A-Vergiftung führen, ein Glas täglich trägt zur sinnvollen Vitamin-Versorgung bei. Und nach dem weiter vorn Gesagten: Bei den Fischern von der Minamata-Bucht kam es nach längerem Verzehr von Fischen, die 100 mg Quecksilber in einem Kilogramm enthielten, zu schrecklichen Vergiftungserscheinungen; Isländer und Grönländer, die ihr Leben lang und über Generationen hinweg viel Fisch mit etwa 0,1 mg Quecksilber je kg verzehren, spüren keinerlei Beeinträchtigung ihrer Gesundheit. Derlei Beispiele könnten noch in großer Zahl gebracht werden; die hier angeführten dürften aber genügen, um das Prinzip des Paracelsus und der heutigen Toxikologie zu verdeutlichen, nach dem die Feststellung, daß etwas giftig ist, nicht primär eine Frage des Stoffes, sondern in erster Linie eine Frage der Dosis ist.

Der entscheidende und auch schwierigste Punkt der heutigen wissenschaftlichen Bemühungen ist es, herauszufinden, bei welcher Dosis ein Stoff kein Gift ist, in welchem Dosisbereich er anfängt, giftig zu wirken und ab welcher Dosis er ein echtes Gift mit gesundheitsschädigenden oder gar tödlichen Folgen ist. Dies alles läßt sich mit absoluter Genauigkeit und Sicherheit nicht feststellen, denn selbstverständlich kann man die entsprechenden Versuche nicht mit Menschen, sondern man muß sie mit Tieren machen; und auch dagegen wird heute schon viel eingewendet. Zwar ist die Sicherheit in der Übertragbarkeit der Ergebnisse von Tierversuchen auf den Menschen heute ziemlich groß, weil man seit der Entwicklung der Toxikologie vor etwa 100 Jahren viele Erfahrungen gesammelt hat und bei der abschließenden Bewertung auch die Feststellungen bei Unglücksfällen und bei gewerblichen Vergiftungsfällen berücksichtigt. Aber eine Lücke bleibt doch.

Bei den toxikologischen Untersuchungen an Stoffen, die in der Nahrung des Menschen vorkommen, unternimmt man kurz-, mittel- und langfristige Versuche, die an mehreren Tierarten (die nicht nur Nagetiere sein dürfen) und zum Teil über mehrere Generationen hinweg gemacht werden müssen. Dabei werden fast alle Organe und auch das Verhalten der Tiere untersucht. Das Ziel bei diesen Versuchen ist es, den sogenannten *no effect level* festzustellen. Es handelt sich dabei um die höchste Dosis, die bei langdauernder täglicher Verabreichung bei der empfindlichsten Tierart und im empfindlichsten Test noch keinerlei Wirkungen hervorruft. Ein »no effect level« von 5 mg/kg bedeutet also, daß die tägliche Zufuhr von 5 mg des zu untersuchenden Stoffes auf 1 kg Körpergewicht des Versuchstieres keinerlei Wirkungen hat. Danach wird für die Übertragung dieses Ergebnisses auf den Menschen ein Sicherheitsfaktor angebracht, der bei den Pflanzenschutzmittel-Wirkstoffen 100, bei den Schwermetallen 10 beträgt. Das heißt, daß dieser Wert von 5 mg/kg bei Pflanzenschutzmitteln durch 100, bei Schwermetallen durch 10 geteilt werden muß, um zu der für den Menschen duldbaren Dosis zu kommen. Das wären also 0,05 mg Pflanzenschutzmittel-Wirkstoff oder 0,5 mg Schwermetall je kg Körpergewicht des Menschen. Diese Werte werden in der Fachliteratur als ADI-Werte bezeichnet (ADI = acceptable daily intake = erlaubte tägliche Zufuhr).

Nach den heutigen Erkenntnissen wird in der durchschnittlichen Ernährung des deutschen Bürgers in keinem Fall für irgendeinen kritischen Stoff auf Dauer dieser ADI-Wert überschritten. Es ist also glatter Unsinn, bei dieser Sachlage von »Gift auf dem Tisch« oder »Gift in der Nahrung« zu sprechen. In den vorhandenen Mengen sind die fraglichen Stoffe kein Gift. Nun muß man an dieser Stelle noch einmal auf die Muttermilch zu sprechen kommen. Ich habe erwähnt, daß in der Muttermilch noch heute Rückstände von solchen Pflanzenschutzmitteln vorkommen, die schon lange nicht mehr zugelassen sind, aber sich im Laufe vergangener Jahrzehnte im menschlichen Körperfett angereichert haben. Die Höhe dieser Rückstände erreicht Werte, wie sie in keinem anderen Lebensmittel vorkommen, in manchen Fällen überschreitet sie auch den ADI-Wert. Wenn die Toxikologen und die Kinderärzte trotzdem nicht davon abraten, Säuglinge für vier Monate zu stillen, so tun sie das, weil der ADI-Wert erstens einen Sicherheitsfaktor von 100 enthält und zweitens sich auf eine lebenslange Aufnahme des jeweiligen Stoffes bezieht. Gestillt wird aber nur vier Monate; und die Belastung des heutigen Säuglings mit diesen nicht mehr zugelassenen Stoffen aus der Gruppe der Organohalogen-Verbindungen wird im Verlauf seines weiteren Lebens insgesamt geringer sein als die seiner Mutter, weil diese Stoffe immer mehr aus der Umwelt verschwinden werden. Bei Berücksichtigung aller dieser Tatsachen kann auch nicht ernsthaft davon gesprochen werden, daß in der Bundesrepublik Deutschland »Gift in der Muttermilch« ist. Für Frauen in Ländern, in denen organohalogenhaltige Pestizide sehr viel länger und in viel größeren Mengen angewandt wurden, müßte allerdings dieses Problem gesondert untersucht und beurteilt werden.

Um nun zum Schluß dieses Kapitels auf die Frage zurückzukommen, die ihm vorangestellt wurde: »Werden wir wirklich alle vergiftet?«, so kann nach dem heutigen Stand des Wissens darauf klar und eindeutig mit »nein!« geantwortet werden. Die Risiken in unserer Ernährung – die es zweifellos gibt und auf die noch eingegangen wird – bestehen nicht bei den unerwünschten Bestandteilen der Lebensmittel, seien sie nun natürlicher oder anthropogener Herkunft. Es wird hier oft eingewandt, daß die Zahl der unerwünschten Bestandteile, von denen jeder einzelne in seiner Menge sicher unbedenklich sei, doch in ihrer Summation gefährlich sein könnte, zumal die Anzahl dieser Bestandteile heute viel höher sei, als vor 50 oder 500 Jahren. Dies stimmt mit Sicherheit nicht; vielmehr waren im Mittelalter und in der beginnenden Neuzeit viele Lebensmittel auf gesundheits- oder gar lebensgefährdende Weise verfälscht, immense Mängel in der Hygiene und Unkenntnis über chemische Zusammenhänge führten zu weiteren Belastungen. Diese Belastungen waren sicher weitaus höher, als sie es heute insgesamt sind; die Tatsache, daß man früher viel weniger wußte als heute, kann doch nicht zu der einfältigen Auffassung führen, daß früher auch alles besser war. Für unsere Zeit ist deshalb festzustellen:

Der deutsche Bürger, der sich normal ernährt, wird durch seine Nahrung nicht vergiftet, weder durch Zusatzstoffe noch durch Rückstände oder Kontaminanten. Wer etwas anderes sagt, redet wider besseres Wissen oder versteht von der Sache nichts.

Es bleibt aber die Frage, warum dann für diese Stoffe dennoch das Eigenschaftswort »unerwünscht« oder – wie in der Überschrift – der Begriff »Schadstoff« verwendet wird. Ich möchte damit signalisieren, daß wir einerseits keinen Grund zur Panik und Hysterie haben, andererseits aber auch nicht annehmen dürfen, daß die Welt nun in Ordnung sei. Sie ist es nicht; so wie die Welt nirgendwo völlig in Ordnung ist, so auch nicht bei den unerwünschten Stoffen. Unser Wissen in diesem Bereich ist zwar recht groß, größer als in vielen anderen Bereichen unseres Alltags, aber es ist dennoch lückenhaft. Manche Lücken werden in der Zukunft geschlossen werden können, andere werden bleiben. Zum Beispiel bei der Übertragbarkeit der Ergebnisse von Tierversuchen auf den Menschen: Die heutigen Annahmen sind zwar recht plausibel, und die vielfältigen Erfahrungen in aller Welt sprechen für ihre Richtigkeit, aber wir werden diese Richtigkeit nicht beweisen können.

Die Menschen unserer Zeit sind zu Recht nicht mehr zufrieden mit dem, was Hunderttausende von Jahren galt: »Erst wenn das Kind in den Brunnen gefallen ist, wird er abgedeckt.« Heute fragen wir: Wohin geht der Weg, wie sieht das Morgen aus, welche Folgen hat übermorgen das, was wir heute tun oder unterlassen? Planung, Perspektive, Vorsorge, Prognose, Zukunftsforschung, »technological assessment« (Abschätzung der zukünftigen Folgen heutiger Technologien) – dies alles sind Begriffe unseres Jahrhunderts. Für die in diesem Kapitel abgehandelten Probleme bedeutet dies zweierlei:

- Wir müssen unsere Umwelt und unsere Nahrung noch besser und noch sorgfältiger überwachen, damit unsere Information über die jeweilige Lage noch sicherer wird und neu auftauchende Probleme möglichst frühzeitig erkannt werden. Wir müssen damit rechnen, daß wir über die Folgen unseres jetzigen technisch-industriellen Systems noch nicht alles wissen; z. B. ob bestimmte Kontaminanten oder Rückstände, die für sich in den jetzt vorkommenden Dosen als gesundheitlich unbedenklich anzusehen sind, in Kombination mit bestimmten anderen Inhaltsstoffen unserer Lebensmittel doch problematisch sein können. Auch muß damit gerechnet werden, daß die weitere technische Entwicklung neue stoffliche Probleme aufwirft. Ein schnell und gut funktionierendes Überwachungssystem, möglichst ein flächendeckendes Monitoring, trägt dazu bei, daß mögliche Gefährdungen frühzeitig erkannt werden.

– Zweitens ist es eine politische und eine sachliche Notwendigkeit im Sinne vernünftiger Vorsorge, den Gehalt unserer Lebensmittel an unerwünschten Rückständen und Kontaminanten zu vermindern. Daß dies keine Utopie ist, zeigen die Ergebnisse, die aus der Nichtzulassung von organohalogenhaltigen Pflanzenschutzmitteln und aus dem Benzin-Blei-Gesetz resultieren: Die allgemeine Umweltbelastung mit diesen Stoffen und deren Vorkommen in unserer Nahrung ist deutlich zurückgegangen. Diese Erfolge sollen uns ermutigen, mit Vernunft, Augenmaß und Besonnenheit diesen Weg fortzusetzen.

V. Gesund – durch richtige Ernährung

»40 Milliarden DM volkswirtschaftlicher Schäden jährlich durch ernährungsabhängige Krankheiten.« »35 % aller Fälle von Krebskrankheiten durch falsche Ernährung verursacht.« Diese beiden erschreckenden Informationen des Sommers 1984 haben keine Schlagzeilen gemacht, obwohl sie zutreffend sind. Aber die Falschmeldung »Sevesogift Dioxin in Muttermilch« ergab einen guten Aufmacher. Unfähigkeit etlicher Massenmedien, dem Bürger die tatsächlichen Probleme bewußt zu machen?

Es ist jedenfalls ein interessantes Phänomen, daß in aller Munde ist, was von der Sache her vergleichsweise unbedeutend ist, nämlich der Gehalt der Lebensmittel an unerwünschten Stoffen. Hier kann man eben, ohne seine gewohnte Lebensweise und ohne seine Bequemlichkeiten aufzugeben oder auch nur ein wenig zu ändern, leicht und mit lauter Stimme Forderungen an andere stellen, an den Staat, die Gemeinde, die Industrie, die Landwirtschaft, als ob es sich dabei um irgendwelche entfernten und ziemlich abstrakten Institutionen handele, mit denen man überhaupt nichts zu tun hat. Die klarste Form hat diese Denkweise – und hier geht sie in schlichte Heuchelei über – wenn die Teilnehmer einer Demonstration gegen ein als »Dreckschleuder der Nation« apostrophiertes Kraftwerk zu ihrer Veranstaltung mit allen ihren privaten Dreckschleudern anreisen.

Wenn es aber darum geht, eigene Gewohnheiten zu ändern und damit zum Abbau der immensen volkswirtschaftlichen und gesundheitlichen Schäden durch Ernährungsfehler selbst beizutragen, dann lehnt man sich zurück und fühlt sich nicht betroffen. Die vom Staat ausgesandten Ernährungsaufklärer hört man allenfalls mit mäßigem Interesse an und macht weiter wie bisher.

In diesem abschließenden Kapitel soll der Leser über einige Grundregeln vernünftiger und richtiger Ernährung unterrichtet werden, deren Beachtung weder die Freude am Essen und Trinken mindern, noch das Bekenntnis zu irgendeinem pseudophilosophischen Überbau erfordert, noch die tägliche Ernährung in Alternativhuberei ausarten läßt. Dabei soll zunächst an das vorangegangene Kapitel über Schadstoffe angeknüpft werden.

1. Beiträge zur Verminderung der Schadstoff-Aufnahme

Dem Leser wird als Resümee des vorigen Kapitels noch in Erinnerung sein, daß von den heutigen Schadstoff-Gehalten unserer Lebensmittel nach unseren heutigen Kenntnissen bei durchschnittlicher Ernährung gesundheitliche Gefahren nicht zu befürchten sind. Hier ist zu fragen, was »durchschnittliche Ernährung« bedeutet. Gemeint ist nicht irgendein statistisch begründeter Mittelwert in der Verzehrmenge der verschiedenen Lebensmittel, sondern gemeint ist eine vernünftige Abwechslung, die alle Einseitigkeiten vermeidet. Hierauf wird in einem späteren Abschnitt dieses Kapitels noch eingegangen werden, weil diese vernünftige Abwechslung nicht nur im Hinblick auf die Schadstoffe sondern vor allem für eine die Gesundheit fördernde Zusammensetzung der täglichen Nahrung von großer Bedeutung ist.

Nun kann jeder Verbraucher noch weiter dazu beitragen, seine Schadstoffaufnahme zu verringern, indem er zum Beispiel Obst und Gemüse vor dem Verzehr sorgfältig abwäscht. Diese vernünftige Sitte aus Zeiten, in denen man das Wort Rückstände noch nicht kannte, sollte auch heute beibehalten werden. Besonders wichtig ist das bei Erzeugnissen mit strukturierten Oberflächen, also bei Kohlsorten, insbesondere Grünkohl, Blattgemüsen, bei Früchten mit pelziger (Pfirsiche) oder wachshaltiger (Winteräpfel, Pflaumen) Oberfläche. Es ist leicht einzusehen, daß glatte Früchte, wie Tomaten und Kirschen oder Wurzelgemüse, tendenziell weniger Rückstände oder Kontaminanten aufweisen werden als die vorher genannten Erzeugnisse. Die beiden pflanzlichen Lebensmittel mit den häufigsten Überschreitungen der gesetzlich zulässigen Rückstandswerte sind übrigens Kopfsalat, insbesondere aus Unterglas-Kulturen, und Tafeltrauben, sie sollten also in jedem Fall sorgfältig gewaschen werden, Tafeltrauben am besten mit warmem Wasser.

Wenn wir uns an das im vorigen Kapitel über Umweltkontaminanten durch Auto und Industrie Gesagte erinnern, so ist sicher leicht einzusehen, daß derjenige, der seinen Obst- oder Gemüsegarten direkt neben einer stark befahrenen Autostraße oder in unmittelbarer Nähe einer Fabrikations- oder Kraftwerksanlage mit Staubemmissionen hat, alle seine Produkte vor dem Verzehr sorgfältig waschen sollte. Für die landwirtschaftliche Produktion spielt dieses Problem aber keine Rolle, weil es bei den heutigen Anbau-, Ernte- und Vermarktungsmethoden im allgemeinen zu so großräumigen Vermischungseffekten kommt, daß die den Verbraucher erreichenden Endprodukte nur noch unbedeutende Kontaminanten-Werte aufweisen werden. Vom einzelnen Kohl- und Salatkopf sollte man aber in jedem Fall möglichen Staub mit eventuellen Spuren von Kontaminanten abwaschen.

Was die Pflanzenschutzmittel-Rückstände angeht, so ist daran zu erinnern, daß die gesetzlichen Höchstmengen einen Sicherheitsfaktor von 1 : 100 enthalten und daß diese Werte auf die Waren bezogen sind, wie der Verbraucher sie im Handel erwirbt. Es wird also nicht vergiftet, wer sein Obst und Gemüse ungewaschen verzehrt; aber schon simple hygienische Gesichtspunkte sollten den Verbraucher von der Zweckmäßigkeit überzeugen, auch hier den Wasserhahn aufzudrehen.

Schließlich muß bei den Selbsthilfemöglichkeiten zur Verminderung der Schadstoffaufnahme noch auf die wildwachsenden Pilze hingewiesen werden, die – wie wir gesehen haben – aus noch nicht genau aufgeklärten biologischen Gründen Cadmium und Quecksilber mehr als alle anderen pflanzlichen Lebensmittel anreichern. Hier können wir uns an der Empfehlung des Bundesgesundheitsamtes aus dem Jahr 1978 orientieren, nach der man wöchentlich nicht mehr als 250 g wildwachsender Pilze verzehren sollte. Bei normaler Ernährung wird man dieser Menge nie auch nur entfernt nahekommen.

Bei den Lebensmitteln tierischer Herkunft ist die Sache etwas schwieriger als bei pflanzlichen Erzeugnissen, weil bei ihnen mit

Abwaschen nichts auszurichten ist. Zwar sind auch hier bei durchschnittlicher Ernährung keinerlei gesundheitliche Beeinträchtigungen zu befürchten. Aber natürlich kann man noch ein übriges tun und Leber und Nieren – vor allem von älteren Tieren – nicht zu häufig verzehren, denn diese Organe sind es, die im gesamten Organismus der Nutztiere die deutlichsten Werte an Rückständen und Kontaminanten aufweisen. Andererseits sollte man Leber, insbesondere vom Kalb oder Schwein, nicht völlig vom Speisezettel verbannen: sie spielt bei der Versorgung des menschlichen Organismus mit verschiedenen wichtigen Nährstoffen (z. B. Vitaminen B_{12}, Folsäure und Eisen) eine beachtliche Rolle. Und die Angler an den Ufern unserer leider immer noch ziemlich stark verschmutzten Flüsse werden gut beraten sein, ihre Fänge nicht regelmäßig zu verzehren; dieser Rat wird aber vermutlich schon aus Mangel an Masse oder wegen geschmacklicher Beeinträchtigungen der meisten Flußfische nicht von großer praktischer Bedeutung sein.

Erinnern wir uns schließlich noch der Ausführungen über Nitrat-Nitrit-Nitrosamin im vorangegangenen Kapitel, in dem gezeigt wurde, daß mit einer Nitrosamin-Bildung vor allem in gepökelten Fleischerzeugnissen gerechnet werden muß. Jeder Verbraucher kann nun zu einer möglichst geringen Nitrosamin-Bildung beitragen, wenn er gepökelte Fleischerzeugnisse (Kassler, Leberkäse u. ä.) entweder kalt oder nur möglichst kurz erhitzt verzehrt, jedes längere Warmhalten erhöht die Nitrosaminbildung beträchtlich.

Dieser Abschnitt kann nicht abgeschlossen werden, ohne noch auf die sogenannten *Mykotoxine* einzugehen. Bei diesen von Schimmelpilzen gebildeten Stoffen handelt es sich nun wirklich um Substanzen, die von hoher Toxizität und krebserregender Wirkung sind. Aber sie gelangen nicht durch den Menschen in die Nahrung, sondern eben durch Schimmelpilze. Entdeckt wurden sie erst vor etwa 25 Jahren, als in England nach der Fütterung von Geflügel mit verschimmeltem Erdnußschrot zahlreiche Tiere eingingen. Bei diesen Schimmelpilzen handelte es sich um Aspergillus flavus, so nannte man die von ihm gebildeten, schon in geringer Dosis sehr giftig wirkenden Stoffe Aflatoxine, von denen man heute fünf verschiedene kennt. Insgesamt hat die Forschung bis heute über 100 solcher Pilzgifte = Mykotoxine erkannt und in ihren Wirkungen beschrieben. Besonders anfällig für Mykotoxine bildende Schimmelpilze sind Nüsse aller Art, Erdnüsse, Aprikosen- und Pfirsichkerne, Kokosraspel, Mohn und Sesam sowie Getreide. Besonders günstige Umstände für das Schimmeln dieser Lebensmittel sind hohe Temperaturen und hohe Luftfeuchtigkeiten. Aufgrund des Lebensmittelgesetzes wurde 1976 eine Aflatoxin-Verordnung erlassen, nach der der Gehalt an diesen Stoffen 0,01 mg (also ein hundertstel Milligramm) in einem kg Lebensmittel nicht überschreiten darf. Ein schwerwiegendes Problem hatte sich vor Jahren durch den Nachweis von Mykotoxinen in Lebensmitteln tierischer Herkunft ergeben, vor allem in Milch, Milcherzeugnissen und Eiern. Es konnte bald nachgewiesen werden, daß diese Mykotoxine auf entsprechende Vorkommen dieser Substanzen in Futtermitteln zurückzuführen waren, in solchen Futtermitteln vor allem, die aus tropischen Ländern importierte Ölsaatenkuchen und Tapioka enthielten. Seit 1983 ist deshalb durch eine Rechtsverordnung aufgrund des Futtermittelgesetzes der Aflatoxingehalt auf den gleichen Wert begrenzt worden, wie er oben für Nüsse, Getreide usw. genannt worden ist.

Als praktische Empfehlung für den Verbraucher kann aus dem hier Gesagten abgeleitet werden, daß Lebensmittel pflanzlicher Herkunft, insbesondere Nüsse, aber auch Obst, Gemüse und Brot, weggeworfen werden sollten, wenn sie Anzeichen von Schimmel zeigen. Dagegen sollte man sich nicht den Genuß an den wohlschmeckenden Schimmelkulturen verderben lassen, die in oder auf manchen Käsearten vorkommen, dies sind Schimmelpilze, die mit Sicherheit keine Mykotoxine bilden.

2. Gesundheitsschutz durch bessere Hygiene

Es ist bisher schon mehrfach von Gift die Rede gewesen, und wir haben gesehen, daß es unsinnig ist zu behaupten, wir würden durch »Gift in der Nahrung« gesundheitlich geschädigt, und daß es ignorant ist, Chemie und Gift als synonyme Begriffe zu gebrauchen.

Nun gibt es aber in der Tat *Lebensmittelvergiftungen;* dieser Begriff kommt sogar in einem Gesetz vor, nämlich im Bundesseuchengesetz, wo im § 3 unter den meldepflichtigen Krankheiten auch die »mikrobiell bedingten Lebensmittelvergiftungen« genannt sind. Lebensmittelvergiftungen sind also in der fachlichen Terminologie der Lebensmittelwissenschaft Krankheiten, die durch solche Krankheitserreger ausgelöst werden, die mit der Nahrung aufgenommen werden. Manchmal entstehen die Krankheiten auch durch Toxine, die von bestimmten Mikroorganismen gebildet werden – ähnlich den schon erwähnten Mykotoxinen. Zu den gefährlichsten dieser Gifte gehört das Botulinus-Toxin, das von einem Bakterium mit dem schönen Namen Clostridium botulinum gebildet wird, glücklicherweise aber nur sehr selten vorkommt. 1978–1982 gab es in der Bundesrepublik 195 Botulinus-Erkrankungen, 15 der erkrankten Personen starben. Auch die sonstigen meldepflichtigen Infektionskrankheiten, die durch Trinkwasser ausgelöst werden können – wie Cholera, Paratyphus, Typhus, Trichinose und Ruhr – spielen in Mitteleuropa eine vergleichsweise geringe Rolle mit einer Ausnahme: der Enteritis infectiosa, die überwiegend von *Salmonellen* ausgelöst wird. Auch hier handelt es sich um eine meldepflichtige Infektionskrankheit des Bundesseuchengesetzes, von der im Jahre 1982 über 46 000 Fälle gemeldet wurden. Fachleute nehmen aber an, daß die Zahl der tatsächlichen Erkrankungen weitaus höher liegt, weil viele wegen der bekannten Symptome – Durchfall, Fieber, Erbrechen, Leibschmerzen, Übelkeit – nicht zum Arzt gehen, und von denen, die zum Arzt gehen, viele nicht bis zum mikrobiologischen Test hin untersucht werden, weil diese Enteritis zwar eine unangenehme, aber doch relativ ungefährliche und schnell vorübergehende Infektion ist; 1982 starben in der Bundesrepublik 88 Menschen daran.

Die Salmonellen haben sich in den vergangenen Jahrzehnten als das hygienische Problem in unserer Ernährung herausgestellt, obwohl man bei einem Blick in die neuesten Statistiken feststellen kann, daß in den letzten Jahren die nicht von Salmonellen verursachten Enteritis-Erkrankungen auch sehr stark zugenommen und fast 10 % des gesamten Enteritis-Auftretens erreicht haben. Die meiste Aufmerksamkeit muß aber nach wie vor den Salmonellen gelten, denn hier stehen wir wirklich einer konkreten, von unseren Lebensmitteln ausgehenden Gesundheitsgefährdung gegenüber – anders also als bei Rückständen und Kontaminanten.

Die Gründe für die starke Ausbreitung der Salmonellen in der Vergangenheit können hier nicht im Einzelnen dargestellt werden; wichtig ist es aber zu wissen, daß die Salmonellen zum größten Teil von Lebensmitteln tierischer Herkunft ausgehen. Wahrscheinlich haben sich die Salmonellen mit Futtermitteln aus tropischen Ländern in unseren Tierställen ausgebreitet. Vor mehreren Jahren war es so weit gekommen, daß von dem im Handel befindlichen gefrorenen und tiefgefrorenen Geflügel 90 % mit Salmonellen behaftet war. Durch die weitgehend industrialisierte Produktion und Verarbeitung von Schlachtgeflügel ist dieses zwar für den Verbraucher billig wie nie zuvor geworden, aber die Technik sorgte auch für eine fast gleichmäßige Verteilung von Salmonellen auf dem Erzeugnis. Denn das Fließband führte die noch lebenswarmen Schlachtkörper nach dem Rupfen und Ausnehmen zur Reinigung und schnellen Abkühlung durch ein mit Eiswasser gefülltes Tauchbad, den sogenannten »Spinchiller«, so daß hier auch die noch nicht mit Salmonellen behafteten Körper infiziert wurden. Man kann sich nun leicht vorstellen, daß jetzt nur noch durch gute Hygiene in der privaten Küche oder im gastronomischen Betrieb die Aufnahme der Salmonellen durch den Verbraucher verhindert wird. In den vergangenen Jahren ist begonnen worden, das Spinchiller-Verfahren durch eine verbesserte Technik abzulösen, bei der die Schlachtkörper nicht mehr eingetaucht sondern mit eiskaltem Wasser abgesprüht werden. Das Ergebnis zeigte sich alsbald; der Anteil des salmonelleninfizierten Gefriergeflügels ist auf unter 50 % zurückgegangen.

Ein großer Teil der Enteritis-Infektionen ist auf Mängel in der Außer-Haus-Verpflegung zurückzuführen. Außer-Haus-Verpflegung ist jede Nahrungsaufnahme außerhalb des privaten Haushaltes, bei der früher eine häufige Infektionsquelle die sogenannten Dauerausscheider waren: In den Betrieben beschäftigte Personen, die, ohne selbst erkrankt zu sein, ständig Salmonellen und andere Erreger von Lebensmittelvergiftungen ausscheiden. Durch das schon erwähnte Bundesseuchengesetz ist es verboten, solche Personen in Lebensmittel- und gastronomischen Betrieben zu beschäftigen. Die Überwachung dieses Verbotes obliegt den Gesundheitsämtern.

Ein zweiter und heute der wichtigste Grund für Salmonellose-Ausbrüche ist die unsachgemäße Behandlung von leicht verderblichen Lebensmitteln in der Großküche, aber auch im Privathaushalt, und zwar ist es überwiegend eine mangelhafte, nicht ausreichende Kühlung. Unzureichende Erhitzung – wenn zum Beispiel in einem Gericht eine Kerntemperatur von 70 ° nicht wenigstens für 10 Minuten erreicht wird – oder zu lange Warmhaltezeiten unter 65 ° haben demgegenüber eine geringere Bedeutung.

Wie kann sich nun der Verbraucher gegen Lebensmittelvergiftungen schützen? Was das Restaurant, die Kantine, den Imbißkiosk und die industriell handwerklich verarbeiteten Lebensmittel angeht, so muß er sich auf die wirksamen Kontrollen der Lebensmittelüberwachungsbehörden, der Gesundheits- und der Gewerbeaufsichtsämter verlassen. In seinem eigenen Haushalt ist der Bürger selbst für einwandfreie hygienische Verhältnisse verantwortlich. Und da kann er durch Beachtung einiger einfacher Regeln viel zum Schutz seiner Gesundheit beitragen.

Persönliche Sauberkeit und sorgfältige Reinhaltung der Küche, aller Küchengeräte und des Kühlschrankes sind Voraussetzung. Wenn man sich dazu bewußt ist, daß Lebensmittel tierischer Herkunft leicht verderblich und für Salmonellenbefall besonders gefährdet sind, so wird man daran denken, solche Lebensmittel immer im Kühlschrank aufzubewahren, fertige Speisen nicht lange warmzuhalten, Fleisch, insbesondere Wild und Geflügel, immer gut durchzubraten oder zu kochen, Hackfleisch grundsätzlich am Tage des Einkaufes zu verbrauchen und es am besten nicht roh zu verzehren, Salate mit Fleisch- oder Mayonnaise-Zusatz bald nach der Herstellung zu verbrauchen und vor allem mit gefrorenem Geflügel und Wild besonders heikel umzugehen. Hier ist es unerläßlich, Auftauflüssigkeit und Verpackung zu verwerfen und nach dem Umgang mit der rohen aufgetauten Ware Küchengeräte, Unterlage und vor allem die Hände sorgfältig zu reinigen. Ausführliche Informationen zu diesem Thema enthält ein vom Bundesministerium für Jugend, Familie und Gesundheit herausgegebenes Merkblatt »Verhütung von Darmerkrankungen durch Lebensmittelinfektionen«, dessen voller Wortlaut im Anhang abgedruckt ist.

3. Ernährung und Krebs

Es wurde schon im 1. Kapitel darauf hingewiesen, daß es nur wenige eindeutige Erkenntnisse im Bereich der Ernährung des Menschen gibt, die in ihrer Kausalität experimentell – auch durch unfreiwillige Experimente – abgesichert sind. Im Problemfeld »Ernährung – Krebs« gibt es solche abgesicherten Erkenntnisse nicht. Selbst der so oft als eindeutig herausgestellte Kausalzusammenhang »Rauchen = Bronchialkarzinom« ist kein solcher, denn es gibt viele Raucher, die bekommen kein Bronchialkarzinom (es ist ja die Hoffnung der Raucher, dieser Gruppe vom Schicksal zugewiesen zu werden), und es gibt Menschen mit Bronchialkarzinomen, die nie geraucht haben. Die Wissenschaft behilft sich in diesen Fällen mit der epidemiologischen Methode. Epidemiologie – ursprünglich die Lehre von den Epidemien, also den geballt auftretenden Infektionskrankheiten – ist heute die Methode, die Zusammenhänge zwischen bestimmten Verhaltensweisen der Menschen und dem

Auftreten nichtinfektiöser Erkrankungen mit Hilfe statistischer Korrelationen aufzuzeigen. Obwohl also den Aussagen auf der Basis epidemiologischer Daten nicht naturwissenschaftlich korrekt ermittelte Forschungsergebnisse zugrunde liegen, ist heute ihr Wert unbestritten. Bei den nachfolgenden Ausführungen zu dem Thema »Ernährung und Krebs« wird der Bereich möglicher Ergänzungen der Behandlung von Krebskranken durch diätetische Maßnahmen ausgeklammert werden, dies wäre ein Thema im Rahmen einer Darstellung von zweckmäßiger Krankenernährung. Im übrigen ist es zur Zeit noch heftig umstritten, ob durch bestimmte Ernährungsformen ein heilender oder lindernder Einfluß auf den Krebs ausgeübt werden kann.

Was nun die krebserregende Wirkung einzelner definierter Stoffe in den Lebensmitteln angeht, so gibt es bis heute weder kausale noch epidemiologische Hinweise auf von ihnen ausgehende entsprechende Wirkungen beim Menschen; ausgenommen den Zusammenhang, der zwischen dem Auftreten bestimmter Krebsarten in afrikanischen Regionen und dem dort häufigen Verzehr mykotoxinhaltiger Nahrung besteht.

Den ersten aufsehenerregenden Hinweis auf einen im Tierversuch krebsauslösenden Stoff aus der Ernährung des Menschen gab es schon in den dreißiger Jahren unseres Jahrhunderts, als japanische Forscher einen derartigen Effekt bei Dimethylaminoazobenzol entdeckten, einem Stoff, der auch unter der Bezeichnung »Buttergelb« bekannt und Anfang des Jahrhunderts dieser Bezeichnung entsprechend verwendet worden war. Heute handelt der Staat so, daß Lebensmittelzusatzstoffe und rückstandsbildende Pflanzenschutzmittel, die im Tierversuch karzinogen sind, nicht zugelassen werden.

Ein noch offenes Problem in diesem Zusammenhang sind die in einem früheren Abschnitt erörterten Nitrosamine. Auch ist noch nicht zu übersehen, ob und wieweit die beim Grillen fetten Fleisches über offenem Feuer unvermeidlich entstehenden polyzyklischen Kohlenwasserstoffe, insbesondere des 3.4-Benzpyren, den Menschen gesundheitlich beeinträchtigen. Immerhin ist dieser Stoff, der auch beim Räuchern von Lebensmitteln unvermeidlich entsteht, im Tierversuch eindeutig hautkrebserregend; und nicht von ungefähr ist in der Fleisch-Verordnung der Benzpyren-Gehalt von geräuchertem Fleisch auf 1 Mikrogramm (= 1/1000 mg) je Kilogramm begrenzt. Die Stoffe, die beim starken Überhitzen, beim Anbrennen und Rösten von fett- und proteinhaltigen Lebensmitteln (also Fleisch z. B.) entstehen, sind noch längst nicht in ihrer möglicherweise toxischen oder karzinogenen Wirkung erforscht. Hier soll keinem der Spaß an der sommerlichen Grillparty verdorben werden, aber wer das häufiger – etwa jede Woche – veranstaltet, sollte sich doch ein Grillgerät beschaffen, bei dem die glühende Holzkohle von der Seite her wirkt und das abtropfende Fett nicht in die Glut fallen kann. Insgesamt ist es risikoärmer, Fleisch zu kochen als es zu braten, zu grillen oder zu schmoren.

Ganz unvermeidlich sind wir bestimmten natürlichen Inhaltsstoffen unserer Nahrung ausgesetzt, die im Tierversuch Krebs auslösen. Als Beispiele sind zu erwähnen: Hydrazine in Speisepilzen, Safrol und Estragol in schwarzem Pfeffer und vielen anderen Nahrungspflanzen, Furocumarine in Sellerie und Petersilie, Allylisothi ocyanat in Senf und Meerrettich, Pyrrolizidinalkaloide in Kräutern und Kräutertees.

Hier haben wir also weitere Beispiele dafür, daß die Natur nicht an sich gut und gesund ist; aber es ist andererseits auch kein Grund zur Panik, wenn man erfährt, daß viele natürliche Inhaltsstoffe unserer Nahrung und sogar Zwischenprodukte unseres körpereigenen Stoffwechsels, insbesondere beim Fettabbau, im Tierversuch karzinogen oder mutagen sind. Denn Karzinogenität im Tierversuch ist nicht identisch mit Karzinogenität beim Menschen, insbesondere wegen der im Tierversuch regelmäßig angewandten viel höheren Dosierungen, die für die normale Ernährung des Menschen ohne praktische Bedeutung sind. Dazu kommt, daß es auch natürliche Bestandteile unserer Nahrung gibt, die im Tierversuch die Entstehung von Krebs hemmen, also antikarzinogen wirken. Hierzu gehören nach neueren Erkenntnissen die Vitamine C und E, das Beta-Carotin als Provitamin A, die im körpereigenen Stoffwechsel entstehende Harnsäure – die in zu hohen Konzentrationen wiederum Gicht auslöst – und schließlich das Element Selen.

Wir können aus diesen Erkenntnissen einmal mehr die Folgerung ziehen, daß die Geschichte der Evolution der Primaten, insbesondere des Homo sapiens, eine Geschichte sowohl des ständigen Kampfes gegen als auch der ständigen Anpassung an überwiegend negative naturgegebene Umweltbedingungen gewesen ist; in der hier erörterten Frage also ein – fast möchte man sagen – »Durchwursteln« zwischen einer größeren Zahl karzinogener und einer kleineren Zahl antikarzinogener Stoffe. Unnötig zu betonen, daß dies natürlich kein intellektuelles, sondern ein biologisches Ereignis im Wege der Evolution war. Von der Wohltätigkeit der Natur gegenüber dem Menschen war jedenfalls nie die Rede, auch heute nicht. Allerdings ist nicht zu verkennen, daß seit dem Beginn von Kultur und Zivilisation der Mensch sich nicht nur mit der Natur sondern in immer steigendem Maße mit den von ihm selbst geschaffenen Umweltbedingungen auseinandersetzen muß. Und auch in diesem Sinne ist das Problemfeld »Krebs – Ernährung« nicht mehr in erster Linie eine Frage bestimmter Inhaltsstoffe der Lebensmittel sondern eher eine Frage der allgemeinen Zusammensetzung unserer Ernährung, eine Frage also, die zu beantworten in unserer eigenen Verantwortung liegt.

Weltweite Schätzungen stimmen heute darin überein, daß die Krebserkrankungen des Menschen zu 80–90 % von äußeren Faktoren ausgelöst werden und daß diese Faktoren zu je einem Drittel das Tabakrauchen und die falsche Zusammensetzung der Nahrung sind. Das letzte Drittel ist einer Vielzahl anderer Faktoren zuzuweisen. Es muß hier noch einmal betont werden, daß diese Aussagen nicht auf Beweisen von kausalen Zusammenhängen beruhen (können), sondern daß es sich um epidemiologische Schlußfolgerungen handelt, die allerdings zu einem großen Teil durch die Ergebnisse von Tierversuchen gestützt werden.

Es gibt heute kaum noch Zweifel daran, daß ein regelmäßig hoher Fettverzehr (etwa 40 % der gesamten Nahrungskalorien) die Gefahr wesentlich erhöht, an Brust-, Prostata- oder Dickdarmkrebs zu erkranken, und daß umgekehrt ein regelmäßig niedriger Fettverzehr von 10–20 % der gesamten Nahrungskalorien die Aussicht stark erhöht, an diesen Krebsarten nicht zu erkranken. Wie bei den später noch zu erörternden Herz- und Kreislaufkrankheiten spielt auch beim Krebs das Nahrungsfett eine entscheidende Rolle. Ganz ohne Zweifel ist das Stoffwechselsystem des Menschen nicht für einen derart hohen Fettverzehr (täglich 120–150 g) eingerichtet, wie er sich in den letzten Jahrzehnten in den hochentwickelten Industrieländern (Nordamerika, Nord- und Mitteleuropa, Australien) eingependelt hat. Dieser hohe Fettverbrauch trägt einmal zu dem verbreiteten überhöhten Körpergewicht bei, das seinerseits auch mit einer höheren Anfälligkeit für Krebserkrankungen einhergeht. Dazu kommt, daß die Verdauung der Fette im menschlichen Darm die Anwesenheit von Gallenflüssigkeit erfordert, die wiederum Stoffe enthält, die als zumindest krebsfördernd beurteilt werden. Schließlich bilden sich beim stoffwechselchemischen Abbau der Fette im Organismus, vor allem in der Leber, Zwischenprodukte mit krebserregenden Eigenschaften. Sicher gibt es noch weitere bisher nicht erkannte Faktoren, die bei dem Zusammenhang Nahrungsfett – Krebskrankheit mitwirken. Gegenüber den eindeutigen gesundheitlichen Nachteilen zu hohen Fettverzehrs im Hinblick auf die Krebsentstehung treten andere Nahrungsbestandteile in ihrer Bedeutung zurück. Allenfalls die Ballaststoffe bedürfen hier noch eines besonderen Hinweises, denn es ist heute allgemeine Auffassung, daß ein Mangel an Ballaststoffen in der Nahrung die Entstehung von Darmkrebs begünstigt und umgekehrt. Nach neueren Untersuchungen scheint sich allerdings die Wirkung der Ballaststoffe nur auf einige Vertreter dieser sehr großen und heterogenen Stoffgruppe zu beziehen, nämlich auf die Pentosane, die vor allem im Getreide vorkommen.

Zusammenfassend ist zu sagen, daß es keine wissenschaftlich begründete Ernährungsform gibt, die mit Sicherheit die oben beschriebenen Krebsformen ausschaltet. Es wird sie bei der außerordentlichen Komplexität der biochemischen Vorgänge im menschlichen Organismus wahrscheinlich auch in Zukunft nicht geben. Aber wir haben es selber in der Hand, durch regelmäßige Nutzung der vorhandenen epidemiologischen Kenntnisse das Risiko, an einem mit der Ernährung zusammenhängenden Krebs zu erkranken, ganz wesentlich herabzusetzen. Die zu beachtenden Regeln stimmen mit den auch sonst aus gesundheitlichen Gründen zu beachtenden Empfehlungen so weitgehend überein, daß sie nicht an dieser Stelle gesondert beschrieben zu werden brauchen. Mehr dazu am Schluß dieses Kapitels.

4. Ernährung und Herz-Kreislauf-Krankheiten

Krankheiten des Herz-Kreislaufsystems sind die häufigste Todesursache in der Bundesrepublik Deutschland. Jeder zweite Mitbürger, der stirbt, erliegt einer solchen Krankheit. Krebs dagegen ist die Ursache nur etwa jeden fünften Todesfalles. Während der Krebs eher eine Alterskrankheit ist, leiden viele Menschen schon in den sogenannten besten Jahren an Störungen des Herz-Kreislaufsystems und erliegen ihnen vorzeitig. Diese Krankheiten verursachen also in höchstem Ausmaß Verluste an Lebensqualität und an Lebensjahren. Eine der wichtigsten Aufgaben der Gesundheitspolitik unserer Zeit ist es, neben der Weiterentwicklung der therapeutischen Möglichkeiten vor allem die Prävention auszubauen. Eine schwierige Aufgabe, da es gilt, das Verhalten von gesunden Menschen zu beeinflussen, um spätere Krankheiten auszuschalten oder zu vermindern. Seit Jahren wurden und werden in verschiedenen Ländern (USA, Australien, Finnland u. a.) Interventionsstudien durchgeführt, die zum Teil ermutigende Ergebnisse hatten. Auch die deutsche Bundesregierung hat im Jahre 1984 im Rahmen ihres Forschungsprogrammes »Forschung und Entwicklung im Dienste der Gesundheit« eine *Deutsche Herz-Kreislauf-Präventionsstudie (DHP)* in Angriff genommen, für die im Laufe von acht Jahren voraussichtlich 80 Millionen DM ausgegeben werden. Es sollen mit dieser Untersuchung bei den Einwohnern ausgewählter Studiengemeinden unter sozusagen verschärften epidemiologischen Anforderungen die Zusammenhänge zwischen den Risikofaktoren der Herz-Kreislauf-Krankheiten und dem Auftreten dieser Krankheiten deutlich gemacht werden. Gesagt werden muß noch, welches die wichtigsten dieser Krankheiten sind: Herzinfarkt, Arteriosklerose, Angina pectoris, Gehirnschlag. Über die Risikofaktoren (dies ist ein Begriff der epidemiologischen Methodik) gibt es einen seit Jahrzehnten andauernden Streit, in dessen Verlauf bis zu 246 verschiedene Risikofaktoren in Betracht gezogen wurden. Heute besteht internationaler Konsens darüber, daß es drei eindeutige Risikofaktoren gibt, bei denen man über die epidemiologisch geklärten Zusammenhänge hinaus schon von einer nahezu gesicherten Ursache-Wirkung-Beziehung sprechen kann:

- Zigarettenrauchen;
- hoher Blutdruck;
- hoher Cholesteringehalt im Blut.

Zwei weitere Risikofaktoren sind zwar nicht ganz so korrelativ gesichert wie diese drei, sie können aber unbedenklich voll dazugerechnet werden:

- Übergewicht;
- Bewegungsmangel.

(Es wird seit längerer Zeit diskutiert, ob auch psychosoziale Risikofaktoren, also psychischer Streß, bei der Entstehung von Herz-Kreislauf-Krankheiten – und übrigens auch bei Krebs – eine Rolle spielen. Einiges spricht dafür, jedoch soll das in diesem Zusammenhang nicht weiter erörtert werden.)

Auch dem Laien wird ohne weiteres klar sein, daß von den genannten fünf Risikofaktoren nur zwei eindeutig nichts mit der Ernährung zu tun haben: Rauchen und Bewegungsmangel. Diese beiden Faktoren liegen allerdings besonders klar in der freien Entscheidung jedes Einzelnen, hier können nicht mal irgendwelche Stoffwechselbesonderheiten geltend gemacht werden.

Was nun den zu *hohen Blutdruck* angeht, so sind nach dem heutigen Stand unseres Wissens dafür zwei Faktoren ausschlaggebend: Kochsalz und Übergewicht, zwei Ernährungsfaktoren. Durch Abbau bzw. Verhinderung von Übergewicht, also durch eine Ernährung, deren Energiegehalt (Kalorien bzw. Joule) dem tatsächlichen Bedarf entspricht, und durch sparsamen Umgang mit Kochsalz kann jeder dazu beitragen, seinen Blutdruck normal zu halten. Es gibt aber auch noch andere medizinische Gründe für zu hohen Blutdruck, hier müssen dann natürlich entsprechende Medikamente eingesetzt werden. Regelmäßige Blutdruckkontrollen sind jedenfalls für eine vernünftige Gesundheitsvorsorge unerläßlich.

Im Hinblick auf den Risikofaktor eines zu *hohen Cholesteringehaltes* im Blut sind die Einflüsse aus der Ernährung zwar eindeutig, aber wegen der komplizierten biochemischen Abläufe im Organismus in ihrem Ausmaß von mehreren Faktoren abhängig. Für den Verbraucher ist der Zusammenhang aber insofern praktisch und einfach zu realisieren, als ein erhöhter Cholesterinspiegel im Blut durch eine Verringerung des Fettverbrauches, bei dem zwangsläufig auch die Cholesterinzufuhr zurückgeht, gesenkt werden kann. Zusätzlich wirksam ist es, Lebensmittel mit hohem Cholesteringehalt, z. B. Eier, nur selten zu verzehren und den Anteil an ungesättigten Fettsäuren innerhalb des Fettverbrauches zu erhöhen, das heißt, mehr Öle anstelle fester Fette zu konsumieren. Wir sehen also, daß das Fett in unserer Ernährung eine entscheidende Rolle bei den zwei häufigsten Krankheitsbildern unserer Zeit spielt: bei den Herz-Kreislauf- und bei den Krebskrankheiten. Man fragt sich, warum der Einzelne und die Gesellschaft daraus nicht schon längst konsequente Folgerungen gezogen haben.

Wir wissen, daß in den USA – im Gegensatz zur Bundesrepublik Deutschland, zur Schweiz und zum Vereinigten Königreich – die Sterblichkeit an den Herz-Kreislauf-Krankheiten seit etwa 20 Jahren zurückgeht (obwohl sie prozentual immer noch höher ist als bei uns). Dies steht unzweifelhaft in engem, wenn wohl auch nicht ausschließlichen, Zusammenhang mit der

Abnahme des gesamten Fettverzehrs und mit einer Abnahme des Anteils der tierischen Fette in dem verbleibenden Fettverzehr durch die US-Bevölkerung. Bei uns in Mitteleuropa können wir schon froh sein, daß seit einigen Jahren wenigstens eine Stagnation eingetreten ist. Immerhin spricht der letzte Ernährungsbericht 1984 von einer Tendenz zu einem leichten Rückgang im Pro-Kopf-Fettverbrauch. Aber wir waren ja schon immer gegenüber den USA um 10–25 Jahre zurück.

5. Andere ernährungsabhängige Krankheiten

Von einer anderen Krankheit, die in weitem Umfang von der Ernährung abhängt und an der fast alle Menschen in den hochentwickelten Industrienationen leiden, ist in diesem Zusammenhang selten die Rede, denn es stirbt keiner daran, die Mortalität ist also Null. Um die Prävention kümmern sich nur wenige Fachleute, von ihrer Behandlung lebt ein ganzer Berufsstand: Gemeint ist die *Karies.* Es gibt keine ernsthaften Zweifel, daß relativ einfach aber konsequent vorzunehmende Präventionsmaßnahmen den Kariesbefall von jetzt 95 % auf vielleicht 20 % absenken würden: Verminderung des Zuckerverbrauches mit Verzicht auf alle klebrigen zuckerhaltigen Lebensmittel, sorgfältige Mundhygiene (z. B. Reinigung nach jeder Mahlzeit), Ausgleich eines eventuellen Fluordefizites. Die volkswirtschaftlichen Kosten der Karies – so wurde kürzlich ausgerechnet – sind höher als die aller Herz-Kreislaufkrankheiten zusammengenommen.

Auch die *Zuckerkrankheit*, der Diabetes mellitus, auf mangelhafter oder fehlender Funktion der Insulinbildung in der Bauchspeicheldrüse (Pankreas) beruhend, ist weitgehend ernährungsabhängig. Zwar sind etwa 20 % der 1,5 Millionen deutschen Diabetiker – vermutlich genetisch bedingt – schon in jungen Jahren dieser Krankheit unterworfen; in den meisten Fällen aber tritt sie erst im fortgeschrittenen Lebensalter als Folge von Überernährung auf. Grundregel jeder Diabetesdiät ist deshalb neben der Vermeidung von schnell resorbierbaren Kohlenhydraten eine deutliche Reduktion der Kalorien – vor allem der Fettzufuhr. Eine Beachtung solcher Ernährungsweisen schon in der Jugend und im mittleren Lebensalter senkt erheblich das Risiko, einen Altersdiabetes zu bekommen. Einige weitere von der Ernährung ganz oder teilweise abhängende Erkrankungen sollen abschließend nur noch kurz erwähnt werden:

- Die *Schilddrüsenvergrößerung* (Kropf, Struma), die überwiegend in Süddeutschland, Österreich und der Schweiz vorkommt und fast immer durch Mangel an Jod verursacht wird; erhöhter Verzehr von Seefisch oder Verwendung von jodhaltigem Speisesalz können diese Krankheit fast völlig zum Verschwinden bringen.
- Die *Gicht,* bei der es in Gelenken zur Ablagerung von Harnsäurekristallen kommt. Harnsäure, die ihrerseits, wie schon erwähnt, antikarzinogen wirkt, ist ein Endprodukt des Purinstoffwechsels, das in besonders hohem Maße bei Innereien und Hefe anfällt und dessen Ausscheidung über die Niere durch Alkohol verzögert wird; sie kann deshalb auch zur Bildung von Nierensteinen beitragen; die Prävention ist nach dem Gesagten klar: weniger Fleisch, vor allem weniger Innereien, weniger Alkohol.
- Die Alkoholkrankheiten, nämlich die *Alkoholsucht* mit allen organischen und psychischen Folgeerscheinungen, vor allem der Alkoholpsychose und der Leberzirrhose.

6. Empfehlungen, Wünsche, Forderungen

Dem Leser, der bis hierher geduldig gefolgt ist, wird es vermutlich nicht leichtfallen, auf die Frage »Brauchen wir Alternativen in der Ernährung?« eine eindeutige Antwort zu geben. Wie immer bei schwierigen Fragen, muß man zunächst eine oder mehrere Prämissen klären, ehe man zu einer dann differenzierten Antwort findet. »Brauchen wir Alternativen in der Ernährung?«, so lautet die Frage. Für die Antwort entscheidend ist die

Interpretation des Wortes »Alternativen«. Wenn dieses Wort im Sinne aktueller Terminologie gebraucht wird, also im Sinne einer Aussteigermentalität vor dem Hintergrund der Auffassung »Wir werden alle vergiftet!« oder im Sinne einer tierisch ernsten Verabsolutierung der täglichen Nahrung als eines der wichtigsten Lebensinhalte mit immer neuem verunsichertem Herumrätseln in Bio- und Reformläden oder im Sinne kritikloser Anbetung von pseudophilosophisch begründeten Heilslehren und »Bewegungen« – wenn also der Begriff »Alternativen« diesen modernistischen Sinngehalt hat, dann möchte der Verfasser die Frage ohne Wenn und Aber eindeutig mit *Nein* beantworten. Ist aber mit dem Begriff »Alternativen« gemeint, eingefahrene Verhaltensweisen und Gewohnheiten in Frage zu stellen, Korrekturen anzubringen, rational durch wissenschaftliche Erkenntnisse oder epidemiologische Erfahrungen begründete Änderungen im Ernährungsverhalten zu übernehmen und beizubehalten, ohne den Spaß am Essen als einem Akt der Lebensfreude und die sozialen Mechanismen, die mit dem Essen verbunden sind, aufzugeben, wenn »Alternativen« in diesem Zusammenhang so verstanden werden, dann ist auf die Frage »Brauchen wir Alternativen in der Ernährung?« uneingeschränkt mit *Ja* zu antworten.

Im letzten Abschnitt sollen nun als Alternativen in diesem Sinn Empfehlungen und Ratschläge an den Verbraucher, Wünsche an Staat und Gesellschaft und Forderungen an Industrie, Handwerk und Landwirtschaft zusammengestellt werden, allesamt mit dem Ziel, den Beitrag einer vernünftigen Ernährung zur Pflege und Erhaltung der Gesundheit zu verdeutlichen und auszubauen.

Was die Ratschläge und Empfehlungen an den Verbraucher angeht, so lassen sie sich eigentlich zwanglos aus den vier Grundaussagen über den Zustand unserer heutigen durchschnittlichen Ernährung ableiten:

- *zu viel*
- *zu fett*
- *zu süß*
- *zu salzig,*

wobei sich das »zu viel« auch auf den Konsum an alkoholischen Getränken bezieht.

Zu viel: Der »Ernährungsbericht 1984« stellt fest, daß der männliche Erwachsene bei einem durchschnittlichen Bedarf von 10 500 Kilojoule (= 2500 Kalorien) tatsächlich 13 200 Kilojoule (= 3160 Kalorien) verbraucht; für weibliche Erwachsene wird bei einem Bedarf von 8800 Kilojoule (= 2100 Kalorien) ein tatsächlicher Verbrauch von 10 100 Kilojoule (= 2420 Kalorien) angegeben. Auch wenn dies statistische Durchschnittswerte sind mit allen Vorbehalten gegen solche Daten, kann eines nicht wegdiskutiert werden: Wir essen und trinken zuviel; erheblich mehr, als wir bei unserer heutigen Lebensweise brauchen. Das Ergebnis ist überall sichtbar, denn rund ein Drittel der Bürger der Bundesrepublik Deutschland haben ein zu hohes Körpergewicht, nur ein Viertel liegt bei dem sogenannten Normalgewicht (das Broca-Referenzgewicht besagt, daß der Erwachsene soviel Kilogramm wiegen sollte, wieviel Zentimeter er über 1 Meter groß ist).

Was essen wir *zu viel*? Siehe oben: zu viel Fett, zu viel Zucker und – vor allem bei den männlichen Bürgern – zu viel Alkohol. Es gibt Berufsgruppen, in denen Männer ein Viertel ihrer Kalorienzufuhr mit Bier abdecken.

Zu fett: Der viel zu hohe Fettverzehr ist sicher die schlimmste Sünde in unserer heutigen Ernährungsweise. An die verderbliche Rolle dieses übermäßigen Fettverbrauches bei der Entstehung ernährungsabhängiger Krankheiten wird erinnert. Der zu hohe Fettverbrauch entsteht nicht nur durch Butter, Margarine, Öl und Schmalz, die wir als Brotaufstrich und zum Kochen und Backen gebrauchen; das noch Bedenklichere sind die sogenannten unsichtbaren Fette in Wurst, Käse, Nüssen, Schokolade und in den gänzlich überflüssigen Knabberartikeln, die Abend für Abend nach gehabtem Abendessen beim Fernsehen verzehrt werden. Es soll hier keiner Askese das Wort geredet werden; natürlich brauchen wir Fett in der Nahrung, schon wegen der fettlöslichen Vitamine und auch weil Fett ein unersetzlicher Träger von Geschmacksstoffen ist. Aber es müssen ja nicht gleich 140 g täglich sein, versuchen wir es mal mit 100 g: fettreiche Wurst reduzieren, weniger Schokolade, bei Käse immer wieder auf die auch wohlschmeckenden fettarmen und fettfreien Sorten zurückkommen, eher dünsten und kochen statt braten und schmoren, und das Knabberzeug ganz schlicht weglassen, am besten gar nicht erst kaufen, was man abends nicht im Hause hat, kann man auch nicht knabbern. Und für den häuslichen Fettverbrauch sollte man sich angewöhnen, ihn zu gleichen Teilen auf Butter, Margarine und Öl aufzuteilen.

Zu süß: Das süße Geschmackserlebnis ist für die meisten Menschen schon immer attraktiv gewesen. Unsere Vorfahren mußten zu seiner Realisierung die Stöcke wilder Bienen ausräubern und unter den wildwachsenden Früchten die wenigen herausfinden, die einen süßen Geschmack hatten. Die Inder hatten es da mit dem bei ihnen früher wildwachsenden Zuckerrohr wesentlich leichter. Noch vor 200 Jahren war Zucker im Haushalt eine teure Kostbarkeit, ein von der Hausfrau unter Verschluß gehaltenes Gewürz, aber kein Mittel der täglichen Ernährung. Heute ist Zucker ein billiges Massenprodukt, von dem wir leider viel zu viel essen, im Durchschnitt 37 kg pro Kopf und Jahr. Das schadet nicht nur den Zähnen, sondern trägt wesentlich zu dem verbreiteten Übergewicht bei. Wo können wir sparen, ohne auf ein süßes Leben ganz zu verzichten? Zucker in Kaffee und Tee abgewöhnen, Cola und Limo reduzieren und teilweise durch Mineralwasser ersetzen, beim Kochen und Backen im eigenen Haushalt immer ein Drittel weniger Zucker nehmen, als im Rezept angegeben ist, Schokolade, Süßigkeiten und Speiseeis seltener, am besten »nur jedes zweite Mal«. Aller Arten klebriger Süßigkeiten und Backwaren sollte man um der Zähne Willen entraten, es sei denn, man reinigt sie sich unmittelbar nach dem Verzehr sehr sorgfältig.

Zu salzig: Wie wir gesehen haben, gibt es klare Zusammenhänge zwischen zu hohem Blutdruck und zu hohem Salzverbrauch. Probieren wir also, unseren häuslichen Salzverbrauch nach und nach auf die Hälfte herabzusetzen. Man kann sich daran sehr schnell gewöhnen, vor allem wenn man dafür den

Gebrauch von Gewürzen ausdehnt. Auch der Verzicht auf die abendliche Knabberei vermindert den Salzkonsum wesentlich. Der weit verbreiteten Unsitte, eine Speise vor dem ersten Happen, also vor dem Kosten, erst mal kräftig zu salzen, sollte ein vernünftiger Mensch natürlich ohnehin nicht folgen. Wer seinen Flüssigkeitsbedarf zu größeren Anteilen regelmäßig mit Mineralwasser deckt, sollte mal einen Blick auf die Mineralientabelle auf dem Etikett werfen: Ein einseitig hoher Natriumgehalt sollte vermieden werden, ein ausgeglicheneres Verhältnis von Natrium zu Kalium, Calcium und Magnesium ist empfehlenswert (Natrium ist der schädliche Teil des Kochsalzes, bei dem es sich ja chemisch um Natriumchlorid handelt).

Im Anschluß an diese ernstzunehmenden Empfehlungen sollen nun noch einmal die bisher in früheren Kapiteln und Abschnitten gegebenen Ratschläge zusammengefaßt und durch einige weitere ergänzt werden:

- *Abwechslungsreiche Nahrung,* wie es der vielfältige Markt erlaubt; keine Routineprogramme, wie freitags Fisch, samstags Kartoffelsuppe, sonntags Schweinebraten. Eher häufiger Fisch und eher weniger Fleisch, dieses am besten nicht roh, häufiger dünsten und kochen, seltener schmoren und braten; täglich Obst und Gemüse und täglich einen Teil davon roh; Kartoffeln häufiger in der Schale garen, täglich Milch und Milchprodukte, aber das Frühstücksei muß nicht täglich sein; Vollkornbrot, Grau- und Weißbrot vernünftig mischen;
  insgesamt mehr Pflanzliches, weniger Tierisches essen.
- *Obst und Gemüse immer gut waschen,* besonders sorgfältig – am besten mit warmem Wasser beginnend – Tafeltrauben, Pfirsiche, Stachel- und Erdbeeren, wachshaltige Äpfel und Pflaumen, Grünkohl, Petersilie; von Kohl- und Salatköpfen die äußeren Blätter wegwerfen; verschimmelte Lebensmittel wegwerfen.
- Besonders sorgfältige *persönliche und Küchenhygiene* bei dem Umgang mit tiefgefrorenem Fleisch, Geflügel und Wild; Hackfleisch am Tage des Einkaufes verzehren; fleisch- und

fischhaltige fertige Speisen schnell abkühlen und gut gekühlt aufbewahren; einmal aufgetaute tiefgefrorene Lebensmittel nicht wieder einfrieren.

- *Alkohol:* wenn schon regelmäßig, dann in der Regel mäßig. Täglich ein Glas Bier und ein Glas Wein wird dem gesunden Zeitgenossen keinen Schaden zufügen, scheint für Herz und Kreislauf sogar ganz nützlich zu sein. Keine Bedenken, auch gelegentlich mal in fröhlicher Runde mehr oder weniger stark über dieses Maß hinauszuschießen, aber ratsam, in den Tagen danach das Übermaß wieder einzusparen.

Nachdem wir uns darüber Gewißheit verschafft haben, was wir selbst tagtäglich bei der Ernährung zur Erhaltung unserer Gesundheit ausrichten können, bleibt nicht zu übersehen, daß auch andere darauf Einfluß nehmen, an die wir Wünsche und Forderungen richten können und müssen.

An staatlichen Maßnahmen und Eingriffen geschieht viel, manche meinen zuviel. Sicher gibt es Rechtsvorschriften, die inzwischen überholt sind, ihr Verschwinden wird niemand vermissen. An anderen Stellen aber gibt es noch Lücken oder sind bestehende Systeme verbesserungsbedürftig. So wünscht man sich als Verbraucher, daß der Ort des Eingriffes der *Lebensmittelüberwachung* nicht erst der Supermarkt oder das Einzelhandelsgeschäft sein sollte, sondern der Ort der Produktion bzw. des Importes. Zwar gibt es hier Fortschritte, aber der jetzige Zustand ist durchaus noch entwicklungsfähig. Auch könnte man sich vorstellen, daß das *Lebensmittelrecht* im Hinblick auf neue Lebensmittel mit weniger Fett, Zucker und Salz etwas flexibler würde. Ein weiterer Punkt auf dem Wunschzettel der Verbraucher wäre es, die Zulassung von Lebensmittelzusatzstoffen, die Begrenzung von Pflanzenschutzmitteln und Kontaminanten und die toxikologischen Beurteilungsgrundlagen für diese Rechtsetzung weltweit zu vereinheitlichen. Hier gibt es ein seit 25 Jahren existierendes sehr nützliches Instrument: die *FAO/WHO Codex Alimentarius Commission,* der fast alle UN-Mitglieder angehören. Sie kann auf eine ganze Reihe schöner

Erfolge in der internationalen Lebensmittelrechtsangleichung hinweisen, aber viel bleibt noch zu tun.

Um einen sicheren Überblick über die tatsächlichen Aufnahmen an den wichtigen Rückständen und Kontaminanten durch die Bürger zu bekommen, ist es unerläßlich, die jetzigen Probenahmesysteme der Lebensmittelüberwachung von regionalen Zufälligkeiten zu befreien und ein statistisch gesichertes Probenahmenetz über die ganze Republik zu legen. Auch über die zu untersuchenden Stoffe sollten sich die für die Lebensmittelüberwachung zuständigen Bundesländer einigen, so daß schließlich ein wirksames Monitoring gebildet werden kann.

Die Erfassung der fraglichen Stoffe in den Lebensmitteln genügt aber nicht allein. Um zu wissen, was der Bürger nach der küchenmäßigen Bearbeitung tatsächlich davon aufnimmt, müssen in größerem Umfang, durch den ein Minimum an Repräsentanz gesichert werden kann, sogenannte »total diet studies« unternommen werden; es muß also die gesamte Menge der verzehrten Speisen und Getränke untersucht werden. Da unsere ganze Nahrung – mit Ausnahme der Meerestiere – von der Landwirtschaft kommt (zu 81 % aus der Bundesrepublik Deutschland selbst) und uns fast ausschließlich auf dem Wege über Ernährungsindustrie und -handwerk erreicht, gibt es hier aus der Sicht des Verbrauchers und seines Wunsches nach gesunderhaltender Ernährung auch noch einige Forderungen. Hinsichtlich der *Landwirtschaft* soll hier kein konkreter Forderungskatalog aufgestellt sondern eigentlich nur der Wunsch ausgesprochen werden, das Problemfeld – um es einmal im Stil der Boulevardpresse zu formulieren –, der »gesunden, giftfreien Ernährung« nicht nur den wenigen »organisch-biologischen«, »biologisch-dynamischen«, »alternativen« und sonst sich in dieser Richtung abhebenden Bauern und den dazugehörigen Bewegungen zu überlassen. Die konventionelle Landwirtschaft sollte mutiger und mit Unterstützung ihrer Organisationen und auch der staatlichen und europäischen Agrarpolitik einer Zukunft mit dem Motto »Mehr Qualität – weniger Quantität«

entgegengehen. Es muß nicht gleich jede Kornblume auf dem Acker mit Herbizid erschossen werden.

Wenn abschließend noch einige Forderungen an *Industrie und Handwerk* – wobei auch die *Gastronomie* eingeschlossen sein soll – formuliert werden, so in der Erwartung, daß von dort sogleich die Replik kommt: Wir machen nur, was das Gesetz erlaubt und was der Verbraucher wünscht, und außerdem sind wir nicht die Erzieher der Nation. Ja, richtig, und trotzdem muß es erlaubt sein, dem gesamten Ernährungsgewerbe eine gewisse Mitverantwortung an dem durch die Ernährung mitbeeinflußten Gesundheitszustand der Bevölkerung zuzuweisen. Zum Beispiel hat es jeder Lebensmittelproduzent und jeder Gastronom in der Hand, ob er seine Produkte stark oder schwächer salzt; es erfordert weder intellektuellen noch materiellen Aufwand, mit dem Kochsalz bei Fleischerzeugnissen und Käse, bei Brot und Fertiggerichten an die untere Grenze des mit dem atypischen Geschmack zu Vereinbarenden zu gehen. Entsprechendes läßt sich ebenso für den Fettgehalt vieler Wurstwaren, Backwaren und Großküchenmahlzeiten wie auch für den Zuckergehalt vieler industrieller Kuchen- und Dauerbackwaren sagen.

Ganz besonders dringlich richtet sich dieser Wunsch an die Hersteller von vorgefertigten Desserts und von Sauermilchprodukten (»Joghurt mit Fruchtzubereitungen«), die sehr häufig viel zu süß sind. Ich halte es nicht für technisch unmöglich oder für am Markt vorbei produziert, wenn in den industriellen, handwerklichen und gastronomischen Nahrungsgütern tendenziell weniger Fett, weniger Zucker und weniger Salz, dafür aber mehr Ballaststoffe und Gewürze verarbeitet werden. Ansätze dafür gibt es bereits, sie sollten weiterentwickelt und ausgebaut werden.

7. Schlußbemerkung

Im Grunde genommen müßten sich die Regierungen und die Bürger der reichen Industrienationen schämen, daß sie einen so verbissenen Kampf gegen die ungesunde Überernährung führen und sich zum Teil mit ideologischen Argumenten über die Frage zerstreiten, ob wir nun alle vergiftet werden oder nicht. Wir tun dies nämlich zu einer Zeit, da etwa 20 % der Menschen auf unserem Planeten unterernährt sind oder Hunger leiden und jährlich eine nicht genau zu ermittelnde Zahl zwischen einigen Hunderttausend und einigen Millionen verhungern. *Indira Ghandi* hat auf der ersten Umweltkonferenz der Vereinten Nationen, die 1972 in Stockholm stattfand und auf der unter Wortführung der Industrieländer über die Notwendigkeit eines DDT-Verbotes und vieler anderer Umweltschutzmaßnahmen diskutiert wurde, erklärt, daß die schlimmsten Umweltverschmutzungen Hunger und Armut seien. Auch wenn eine so holzschnittartig verkürzte Aussage – auch wegen des ihr innewohnenden semantischen Bruches – mit mancherlei Fragezeichen versehen werden muß, den moralisch-ethischen Gehalt dieser Feststellung wird man kaum wegdiskutieren können. Ein hungernder Afrikaner, Asiate oder Südamerikaner wird für die Fragen, die hierzulande zu existenziellen Problemen hochstilisiert werden, keinerlei Verständnis haben. Dies sollten wir immer im Hinterkopf haben, wenn wir uns jetzt einer Schlußbetrachtung über Sicherheit und Risiko in unserer Ernährung zuwenden.

Es ist unstrittig, daß es in keinem Bereich menschlicher Existenz und menschlicher Aktivitäten absolute Sicherheit geben kann. Das irdische Leben, auch der Pflanze und des Tieres, ist schon ein Risiko in sich mit der absoluten Gewißheit des – auch ohne äußere Einflüsse eintretenden – materiellen Endes. Es ist außerdem unvermeidlich einer Vielzahl von Risikofaktoren ausgeliefert, die aus der Existenz anderer Lebewesen oder aus Naturerscheinungen (Erdbeben, Sturmfluten, Wirbelstürme) herrühren. Einer dieser Risikofaktoren ist die *Ernährung*, bei der es sich ja neben der Atmung um den intensivsten Umweltkontakt des Menschen handelt. Man kann über viele Aspekte des sogenannten technischen Fortschrittes sehr geteilter Meinung sein, auch und besonders was seine Risiken angeht. Die Risiken in der Ernährung sind aber – das weltweit kaum erträgliche Risiko des Hungers und der Unterernährung außer acht gelassen und deshalb nur auf die Situation der wohlhabenden Industrienationen bezogen –, immer geringer geworden und immer mehr aus dem Bereich des schicksalhaften Ausgeliefertseins (durch natürliche Giftstoffe, krankmachende Bakterien u. a.) in den Bereich der individuellen Eigenverantwortung übergegangen.

Hugo Aebi (1921–1983), der bekannte Schweizer Ernährungsmediziner, hat in einem Vortrag im April 1983 eine sehr plausible Skala für das kalkulierte Risiko in unserer heutigen Ernährung aufgestellt, wobei der wichtigste Risikofaktor an erster Stelle steht und die nachfolgenden Faktoren in der Reihenfolge ihrer abnehmenden Bedeutung für die Gesundheit aufgeführt sind:

1. Überernährung (auch durch einseitige Ernährung verursachte Fehlernährung oder Unterernährung),
2. pathogene Mikroorganismen
3. natürliche Giftstoffe
4. Rückstände und Kontaminanten
5. Zusatzstoffe.

Wir sehen also, daß wir die meisten Risikofaktoren selbst vermindern und auch vermeiden können: den wichtigsten, die Überernährung, durch Beachtung einiger weniger Grundregeln; den zweiten durch bessere Hygiene; den dritten durch ausreichende Sachkenntnisse; den vierten wenigstens teilweise durch sorgfältiges Waschen von Obst und Gemüse; den fünften wenigstens teilweise durch Beachtung der Kenntlichmachung. *Wir brauchen also keine Alternativen in der Ernährung, sondern etwas mehr Vernunft und Kenntnis in unserer normalen gewohnten Ernährung.* Dies alles wird aber bedeutungslos für den, der sich durch Bewegungsarmut, starkes Zigarettenrauchen und übermäßigen Alkoholverbrauch seine Gesundheit selbst planmäßig und bewußt zugrunderichtet.

VI. Literaturnachweis

Die nachstehend aufgeführte Literatur liegt dieser Schrift zugrunde; sie kann mit Gewinn zur weiterführenden Information herangezogen werden.

Ernährung

Ernährungsbericht 1984, Deutsche Gesellschaft für Ernährung, Frankfurt/Main (über 440 Literaturhinweise).
Present Knowledge in Nutrition, 5. Ausgabe, herausgegeben von der Nutrition Foundation Washington 1984.
10 Regeln für eine vernünftige Ernährung, AID-Publikation 16/1982; Auswertungs- und Informationsdienst für Ernährung, Landwirtschaft und Forsten, 5300 Bonn 2.
Wege zur bewußten Ernährung, AID-Publikation 131/1983; Auswertungs- und Informationsdienst für Ernährung, Landwirtschaft und Forsten, 5300 Bonn 2.
Stefan M. Gergely, *Diät – aber wie?* Piper-Verlag München, 1984.
Ernährung und Krebs, herausgegeben vom Bundesminister für Forschung und Technologie, Bonn 1984.
Forschung zur Gesundheitsvorsorge (Herz-Kreislaufkrankheiten), herausgegeben vom Bundesminister für Forschung und Technologie, Bonn 1984.
Stillen . . . trotzdem, Stiftung Verbraucherinstitut, Berlin 1983, 1000 Berlin 30, Reichpietschufer 72–76.
Kalorien einsparen, AID-Publikation 143/1984; Auswertungs- und Informationsdienst für Ernährung, Landwirtschaft und Forsten, 5300 Bonn 2.

Lebensmittel

J. F. Diehl, *Die Belastung des Verbrauchers durch Cadmium – eine kritische Übersicht,* Bericht der Bundesforschungsanstalt für Ernährung, Karlsruhe 1981.
Polychlorierte Biphenyle, Bericht des Bundesgesundheitsamtes, und des Umweltbundesamtes, Berlin 1983, Medizin Verlag München.

B. N. Ames, *Dietary Carcinogens and Anticarcinogens;* Science *221,* 1256–63 (1983).
H. J. Hapke, *Gesundheitsschädliche Stoffe in der Frauenmilch?;* AID-Verbraucherdienst Juni 1984, Seite 113.
Chemie in Lebensmitteln, Katalyse-Umweltgruppe Köln e. V.; Verlag 2001, Frankfurt/Main 1982.
Wie sicher sind unsere Lebensmittel? Dokumentation eines wissenschaftlichen Symposium des Bundes für Lebensmittelrecht und Lebensmittelkunde e. V. am 19./20. April 1983 in Bonn, B. Behrs Verlag Hamburg.

Landwirtschaft

Alternativen im Landbau, Schriftenreihe »Landwirtschaft – angewandte Wissenschaft«, Heft 206, Landwirtschaftsverlag 4400 Münster-Hiltrup, 1978.
Berichte über Landwirtschaft, herausgegeben vom Bundesministerium für Ernährung, Landwirtschaft und Forsten, Verlag Paul Parey, Hamburg und Berlin; Band 50 Heft 1–3 (1972).
Landbau – alternativ und konventionell 1982 Auswertungs- und Informationsdienst für Ernährung, Landwirtschaft und Forsten, 5300 Bonn 2.
Prüfung, Zulassung, Anwendung und Rückstände von Pflanzenschutzmitteln, AID-Publikation 118/1984 Auswertungs- und Informationsdienst für Ernährung, Landwirtschaft und Forsten, 5300 Bonn 2.
H. Höcherl, *Die Welt zwischen Hunger und Überfluß,* Seewald Verlag, Stuttgart, 1969.

Psychologie, Verhaltensforschung

Volker Pudel, *Psychologische Hintergründe von Außenseiterdiäten* Ernährungs-Umschau, Sonderheft 1983, (Umschau-Verlag, Frankfurt/Main).
Otto Neuloh und Hans-Jürgen Teuteberg, *Ernährungsfehlverhalten im Wohlstand,* Schöningh-Verlag Paderborn 1979.

Nachschlagewerke

Großer Brockhaus, Ausgabe 1967–1974
Daten des Gesundheitswesens 1983, Band 152 der Schriftenreihe des Bundesministeriums für Jugend, Familie und Gesundheit, Bonn 2, Verlag W. Kohlhammer, Stuttgart.

Anhang:

Merkblatt zur Verhütung von Darmerkrankungen durch Lebensmittelinfektionen

herausgegeben vom Bundesministerium für Jugend, Familie und Gesundheit

Nach dem Genuß von Lebensmitteln treten mitunter Darmerkrankungen auf, die durch bestimmte Bakterienarten, vor allem durch Salmonellen verursacht werden. Diese Erkrankungen können weitgehend verhindert werden, wenn die Speisen im Haushalt sachgemäß zubereitet und aufbewahrt werden. Eine allgemeine Unterrichtung erscheint daher angebracht. Sie richtet sich besonders an die Hausfrau und an alle in Haushaltsküchen tätigen Personen.

1. Auftreten der Krankheit

Die Darmerkrankungen können sowohl bei einzelnen Personen als auch bei Gruppen (Verpflegungsgemeinschaften) auftreten. Die Erkrankung beginnt meist 6–24 Stunden nach dem Verzehr des infizierten Lebensmittels. Sie äußert sich in allgemeiner Schwäche, Übelkeit, krampfartigen Leibschmerzen, Durchfall und Erbrechen. Die Krankheit dauert im allgemeinen mehrere Tage und ist häufig von Fieber begleitet.

2. Verhalten im Erkrankungsfall

Bei den genannten Beschwerden soll Bettruhe eingehalten und ein Arzt hinzugezogen werden. Dies gilt besonders bei Erkrankungen von Säuglingen sowie Kleinkindern und bei älteren oder durch Krankheit geschwächten Menschen. Da die Erreger im Stuhl der Erkrankten, im Urin und im Erbrochenen enthalten sein können, müssen die Ausscheidungen sorgfältig beseitigt und die damit in Berührung gekommenen Hände und Gegenstände gründlich gesäubert und desinfiziert werden. Hierdurch können weitere Übertragungen auf andere Personen und Lebensmittel verhindert werden. Über die erforderlichen Maßnahmen beraten Sie Ihr Arzt und das Gesundheitsamt.

Reste von verdächtigen Speisen sind für eine Untersuchung kühl, aber von anderen Lebensmitteln getrennt aufzubewahren.

3. Übertragung

Die bei Lebensmittelinfektionen häufig beteiligten Salmonellen kommen bei Tieren, in Lebensmitteln und bei Menschen vor. Lebensmittel können daher bereits von Natur aus mit Salmonellen behaftet sein oder bei ihrer Bearbeitung, beim Verkauf oder bei der Zubereitung damit verunreinigt werden. Die Aufnahme nur weniger Salmonellen mit Lebensmitteln bildet in der Regel noch keine akute Gefahr – ausgenommen für Säuglinge und Kranke. Werden solche Lebensmittel aber bei Zimmertemperatur aufbewahrt, so können sich die Bakterien darin stark vermehren und nach dem Verzehr zu Erkrankungen führen. Im Aussehen, Geruch und Geschmack können Lebensmittel völlig einwandfrei erscheinen, auch wenn sie zahlreiche Salmonellen enthalten.

Von Tieren stammende Lebensmittel wie Fleisch, Geflügel, Fisch, Wild, Eier, Milch und die daraus hergestellten Speisen sind besonders gute Nährböden für die Erreger von Darmerkrankungen. Die Vermehrung dieser Erreger wird durch ein gewisses Maß an Feuchtigkeit und Wärme begünstigt. Ungenügendes Erhitzen und vor allem das vielfach noch gebräuchliche Anbraten und Ankochen mit anschließender Aufbewahrung ohne Kühlung fördern die Keimvermehrung in hohem Maße. Besonders gefährdet sind auch Speisen, die in nicht saubere Thermosbehälter abgefüllt für längere Zeit in lauwarmem Zustand aufbewahrt werden.

4. Verhütung

In Deutschland wurden ebenso wie im Ausland gesetzliche Vorschriften erlassen und zahlreiche Maßnahmen ergriffen, die verhindern sollen, daß Salmonellen in Lebensmittel gelangen. Der gesamte Lebensmittelverkehr, die Hygiene in den Lebensmittelbetrieben und der in diesen Betrieben beschäftigte Personenkreis unterliegen einer ständigen Überwachung durch die Ordnungsbehörden und durch beamtete Lebensmittelchemiker, Amtstierärzte und Amtsärzte als Sachverständige. Laufend werden Lebensmittelproben in den Veterinäruntersuchungsämtern zum Teil auch in Medizinaluntersuchungsämtern, auf ihren Gehalt an krankmachenden Bakterien untersucht. Da es aber praktisch undurchführbar ist, jedes einzelne in den Verkehr kommende Lebensmittel bakteriologisch zu untersuchen oder gar seine Behandlung bis zum Verzehr zu verfolgen, ist die zusätzliche Hilfe eines jeden und vor allem jeder Hausfrau erforderlich.

Hinweise für die Hausfrau

1. Bewahren Sie leichtverderbliche Lebensmittel tierischer Herkunft und alle daraus hergestellten Speisen möglichst im Kühlschrank, oder wenn kein Kühlschrank vorhanden ist, bei Temperaturen unter + 10 °C auf! Die Kühlung ist aber nur dann wirksam, wenn sie nicht länger als 2 Stunden unterbrochen wird. Zu warm aufbewahrte Lebensmittel oder Speisen werden, wenn sie krankmachende Bakterien darin vermehrt haben, durch nachträgliche Kühlung nicht wieder einwandfrei. Die einmal gewachsenen Bakterien werden dadurch nicht abgetötet.

2. Beachten Sie bei der Küchenarbeit größte Sauberkeit! Waschen Sie sich vor und während der Küchenarbeit möglichst oft die Hände mit warmem Wasser und Seife. Wechseln Sie Geschirr- und Küchentücher häufig. Reinigen Sie den Arbeitsplatz gründlich und spülen Sie alle Geräte (Küchenmaschinen, Schneidebretter, Messer, Vorratsschalen, Schüsseln usw.) sofort nach dem Gebrauch mit heißem Wasser ab. Benutzen Sie nur saubere und einwandfreie Bürsten, Schwämme und Tücher.

3. Vermeiden Sie es, fertige Speisen längere Zeit warmzuhalten. Länger aufbewahrte fertige Gerichte sind vor dem Verzehr nicht nur aufzuwärmen, sondern erneut bis zum Kochen zu erhitzen oder erneut durchzubraten: denn Erkrankungen treten häufig nach dem Genuß falsch aufbewahrter und ungenügend aufgewärmter Speisen auf.

4. Neben diesen allgemeinen Hinweisen wollen Sie bitte folgendes besonders sorgfältig beachten:

   Fleisch
   Fleisch möglichst nicht nur anbraten oder nur ankochen!
   Mit einer Abtötung der Bakterien im Innern des Fleisches kann nur gerechnet werden, wenn eine Umfärbung des Fleisches und des Fleischsaftes von rot nach grau eingetreten ist.
   Hack- und Schabefleisch bald verzehren!
   Auch bei Kühlschranklagerung noch am selben Tage verbrauchen. – Besondere Vorschriften für tiefgefrorenes Hackfleisch beachten.

   Wild und Geflügel
   Wild und Geflügel stets getrennt von anderen Lebensmitteln ausnehmen und koch- oder bratfertig machen.
   Gefriergeflügel und gefrorenes Wild im geöffneten Beutel auftauen. Auftauflüssigkeit sorgfältig weggießen, Beutel vernichten, Unterlage gründlich reinigen.

Geflügel und Wild stets gut durchbraten oder durchkochen; Fleisch und andere Füllungen in Geflügel besonders gut durchbraten.
Geflügelsalate kühl aufbewahren!
Fleisch jeder Art, das kalt gegessen oder zu Salaten, Pasteten usw. verarbeitet werden soll, muß besonders gründlich durcherhitzt und anschließend kühl aufbewahrt werden.

Fisch
Gekochten oder gebratenen Fisch nicht aufbewahren, sondern gegebenenfalls sofort sauer einlegen!

Milch, Eier und Eiprodukte
Mit Milch, Sahne oder Ei angerichtete Speisen (Salat, Mayonnaise, Pudding, Krem, Tortenfüllung usw.) kühl aufbewahren!
Enteneier entsprechend dem Aufdruck 10 Minuten kochen oder durchbacken. Enteneier nicht für Krem, Pudding, Eierkuchen, Rührei, Spiegelei usw. verwenden!
Trockenpulver nach dem Anrühren alsbald verarbeiten. Anrührschüssel und benutzte Geräte mit heißem Wasser abwaschen.

Vorgefertigte Teigzubereitungen
Zubereitungen, die im Haushalt durch Anrühren mit Wasser, Milch usw. zu Kuchen-, Eierkuchen, Pastetenteig usw. verarbeitet worden sind, nach dem Anrühren nicht stehenlassen! Gut durchbacken! Kinder sollen den Teig nicht roh genießen!

Erläuterung einiger Fachbegriffe

(soweit nicht schon im Text selbst erläutert)

Ballaststoffe sind durch die Verdauung nicht aufspaltbare Nahrungsbestandteile, die den Körper auf natürlichem Wege unverändert wieder verlassen, z. B. Zellulose und Hemizellulose (kommen in Getreidekleie reichlich vor), Pektin (kommt in Obst, vor allem in Äpfeln, reichlich vor). Ballaststoffe sind für normale Darmfunktion unentbehrlich.

Cholesterin ist eine komplizierte chemische Verbindung, die vor allem in Lebensmitteln tierischer Herkunft vorkommt, aber auch im menschlichen Organismus selbst gebildet wird, da es sich um eine Vorstufe für bestimmte Hormone und für Bestandteile der Gallenflüssigkeit handelt. Die sich bei der Arteriosklerose bildenden Ablagerungen in den Arterien bestehen zum Teil auch aus Cholesterin.

Divertikulose ist eine Erkrankung vor allem des Dickdarmes, bei der es zur Bildung von Ausstülpungen (Divertikeln) der Darmwand nach innen kommt; man nimmt heute an, daß die Divertikulose auch durch einen zu großen Mangel an Ballaststoffen verursacht wird.

Essentielle Nährstoffe sind solche Nährstoffe, deren Zufuhr für die Erhaltung der Gesundheit des Menschen unbedingt erforderlich ist; zum Beispiel Vitamine, Mineralstoffe, Spurenelemente, bestimmte Eiweißbausteine (essentielle Aminosäuren).

Histamin ist ein Stoff, der beim Abbau von Eiweißstoffen aus der Aminosäure Histidin entsteht und biologisch recht aktiv ist (wirkt auf Blutdruck, Muskulatur und Magenfunktion). Histamin ist auch der Stoff, der bei Insektenstichen und bei der Berührung mit Brennesseln den Juckreiz auslöst.

Karzinogen ist ein Stoff, der im Tierversuch Krebs (Karzinom) hervorruft.

Lakto-vegetabil oder *lakto-vegetarisch* ist eine Ernährungsform, bei der neben der pflanzlichen Kost auch Milch- und Milcherzeugnisse verzehrt werden.

Monitoring ist die Ermittlung von Daten, z. B. über das Vorkommen von Umweltschadstoffen oder von Pflanzenschutzmittel-Rückständen in Lebensmitteln, bei der die Probenahme nicht dem Zufall überlassen bleibt, sondern durch statistische Berechnung so gesteuert wird, daß die Werte als repräsentativ für eine Region (z. B. Regierungsbezirk, Bundesland, Bundesrepublik) gelten können.

Mutagen ist ein Stoff, der im Tierversuch Änderungen von Erbanlagen (Mutationen) hervorruft.

Organohalogenverbindungen sind organisch-chemische Verbindungen, bei denen ein, mehrere oder alle Wasserstoffatome durch Halogenatome ersetzt sind. Halogene sind Fluor, Chlor, Brom und Jod.

Ovo-lakto-vegetabil oder *ovo-lakto-vegetarisch* ist eine Ernährungsform, bei der neben der pflanzlichen Kost auch Eier sowie Milch und Milcherzeugnisse verzehrt werden.

Polyzyklische Kohlenwasserstoffe sind organische Verbindungen, die aus mehreren miteinander verbundenen Ringen und nur aus den Elementen Kohlenstoff und Wasserstoff bestehen. Die bekanntesten sind Anthracen und Benzpyren, das auf die Haut karzinogen wirkt.

Purine, richtiger *Purinbasen,* sind stickstoffhaltige organische Verbindungen, die in Fleisch, Fisch und insbesondere in Innereien vorkommen. Im Verlauf des Stoffwechsels werden die Purinbasen zu Harnsäure abgebaut; zuviel Harnsäure im Organismus kann zu Gicht führen.

Toxikologie ist die Wissenschaft von den Giftwirkungen der Stoffe. Schon Paracelsus hat erkannt, daß die Giftwirkung von Stoffen nicht von ihrer Zusammensetzung, sondern von ihrer Menge abhängt.

ANA…

Herausg… ttling

Band 1 — Helmut Berschin: **Deutschland – ein Name im Wandel** – Die deutsche Frage im Spiegel der Sprache, 104 Seiten, kart. DM 8,80

Band 2 — Johannes Thomas: **Engel und Leviathan** – Neue Philosophie in Frankreich als nachmarxistische Politik und Kulturkritik, 94 Seiten, kart. DM 8,80

Band 3 — Werner Weidenfeld: **Europa 2000** – Zukunftsfragen der europäischen Einigung, 95 Seiten, kart. DM 8,80

Band 4 — Guy Kirsch: **Der Sturz des Ikarus** – Was blieb vom Protest der sechziger Jahre?, 96 Seiten, kart. DM 8,80

Band 5/6 — Siegmar Faust: **In welchem Lande lebt Mephisto?** Schreiben in Deutschland, 186 Seiten, kart. DM 14,80

Band 7 — Rolf Zundel: **Das verarmte Parlament** – Der Preis der Stabilität, 96 Seiten, kart. DM 8,80

Band 8/9 — Niklas Luhmann: **Politische Theorie im Wohlfahrtsstaat,** 158 Seiten, kart. DM 14,80

Band 10 — Ludger Kühnhardt: **Kinder des Wohlstands** – Auf der Suche nach dem verlorenen Sinn, 84 Seiten, kart. DM 8,80

Band 11/12 — Hannelore Wordell: **Ich wollte aussteigen** – Zwischenbericht einer alleinstehenden Mutter, 123 Seiten, kart. DM 14,80

Band 13/14 — Ursula Lehr: **Familie in der Krise?** – Ein Plädoyer für mehr Partnerschaft in Ehe, Familie und Beruf, 134 Seiten, kart. DM 14,80

Band 15/16 — Dieter Boden: **Die Deutschen in der russischen und sowjetischen Literatur** – Traum und Alptraum, 106 Seiten, kart. DM 14,80

Band 17 — Warnfried Dettling (Hrsg.): **Deutsche Parteien im Wandel,** 140 Seiten, kart. DM 16,80

Band 18 — Michael von Klipstein/Burkhard Strümpel, **Der Überdruß am Überfluß** – Die Deutschen nach dem Wirtschaftswunder, 212 Seiten, kart. DM 18,–

Band 19 — Hans Hattenhauer: **Deutsche Nationalsymbole** – Zeichen und Bedeutung , 232 Seiten, 17 s/w und 36 farbige Abb., kart. DM 18,–

Band 20 — Werner Kaltefleiter/Ulrike Schumacher: **Rüstungskontrolle – ein Irrweg?,** 122 Seiten, kart. DM 16,80

GÜNTER OLZOG VERLAG – 8000 MÜNCHEN 22